R. L. Stines

Schattenwelt

Ich krieg dich doch!

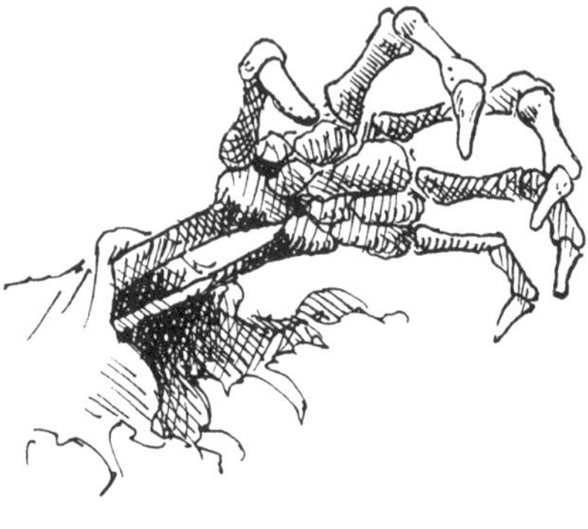

R. L. STINES
SCHATTENWELT

ICH KRIEG DICH DOCH!

Aus dem Amerikanischen
übersetzt von Sabine Tandetzke

Loewe

Die Deutsche Bibliothek – CIP-Einheitsaufnahme

Stine, Robert L.:
[Schattenwelt]
R. L. Stine's Schattenwelt.
– Bindlach : Loewe
Ich krieg dich doch! / aus dem Amerikan.
übers. von Sabine Tandetzke.
– 1. Aufl.. – 2001
ISBN 3-7855-4027-2

Der Umwelt zuliebe ist dieses Buch
auf chlorfrei gebleichtem Papier gedruckt.

ISBN 3-7855-4027-2 – 1. Auflage 2001

Titel der Originalausgabe: Hide and Shriek
Erzählt von Emily James

Ungekürzte Sonderausgabe der unter dem Titel
„Ich krieg dich doch!" erschienenen deutschen Originalausgabe,

Aus dem Amerikanischen übersetzt von Sabine Tandetzke
Umschlagillustration: Jan Birck
Umschlaggestaltung: Andreas Henze
Gesamtherstellung: GGP Media, Pößneck
Printed in Germany

www.loewe-verlag.de

KAPITEL 1

MEINE KLEINE Schwester Baby stürmte laut schreiend in mein Zimmer. „Randy! Randy! Mom sagt, sie wird dich umbringen!“

Baby kicherte boshaft. Sie freut sich nämlich immer diebisch, wenn ich Ärger bekomme. Das liegt wahrscheinlich daran, dass sie selber ständig Zoff hat.

Ich ignorierte sie einfach und brüllte die Treppe hinunter: „Drängel doch nicht so, Mom. Ich bin ja schon fertig!“

„Du wirst zu spät kommen!“, rief Mom zurück.

„Ich weiß. Aber ich kann’s nicht ändern.“

Heute war mein erster Tag an der neuen Schule in Shadyside. Natürlich wollte ich nicht unpünktlich sein, aber ich wollte auch nicht völlig unmöglich aussehen. Ich hatte schon alle Sachen in meinem Kleiderschrank anprobiert und wusste immer noch nicht, was ich anziehen sollte. In sämtlichen Klamotten sah ich aus wie ein kleines Mädchen, und das war nun wirklich das Letzte, was ich gebrauchen konnte.

Ich bin zwölf, aber die Leute halten mich immer für jünger. Dabei weiß ich gar nicht, wie sie darauf kommen. Okay, ich bin klein und dünn. Aber so klein nun auch wieder nicht.

Ich starrte mich im Spiegel an und zupfte unzufrieden an meiner Jeans herum. Ich hätte zu gerne gewusst, was die Kinder hier in Shadyside so trugen. Aber leider hatte ich nicht den blassesten Schimmer. Mom, Dad, meine schwachsinnige kleine Schwester und ich waren nämlich gerade erst von Maine nach Shadyside gezogen. Wir leben in einem Haus in der Fear Street. Ich finde, das ist ein ziemlich merkwürdiger Name für eine Straße. Auf jeden Fall klingt er nicht besonders fröhlich. Sogar die Leute, die schon länger in der Stadt leben, scheinen den Straßennamen komisch zu finden.

An dem Tag, an dem wir eingezogen sind, bin ich mit Mom zur Post gegangen. Die Angestellte hinter dem Schalter hat uns ganz seltsam angeguckt, als Mom unsere Adresse erwähnte. Sie hob die Augenbrauen und sagte: „Fear Street? Hmmm."

Ihr Verhalten kam mir ziemlich komisch vor. Sie starrte mich die ganze Zeit an und fragte dann, wie alt ich wäre.

„Zwölf", antwortete ich.

„Dann könntest du diejenige sein", meinte sie

nachdenklich. Mom und ich schauten uns verwundert an.

„Wie meinen Sie denn das?“ Ich konnte mir die Frage nicht verkneifen.

„Das wirst du noch früh genug herausfinden, wenn du nicht vorsichtig bist“, erwiderte sie geheimnisvoll. „Bis zum zehnten Juni ist es nicht mehr lange hin. Ihr seid genau zur richtigen Zeit hierher gezogen.“

„Na klar. Logisch“, dachte ich bitter. „Ich kann mir wirklich nichts Schöneres vorstellen, als ausgerechnet am Ende des Schuljahres die Schule zu wechseln.“ Immerhin musste ich die letzten Monate der sechsten Klasse in einer neuen Schule und mit einem Haufen Kinder verbringen, die ich nicht kannte.

Und die mich nicht kannten. „Heute werden sie mich bestimmt von oben bis unten mustern und dann sofort entscheiden, ob ich okay bin oder nicht“, überlegte ich mit einem mulmigen Gefühl im Bauch.

Schnell streifte ich die Jeans ab und zog noch einmal mein graues Trägerkleid an. Aber ich war mir nicht ganz sicher, ob die Farbe auch wirklich zu meinen braunen Haaren passte. In diesem Moment stürmte Mom in mein Zimmer.

„Randy, wenn du dich noch einmal umziehst, fange ich an zu schreien. Du behältst jetzt gefälligst dieses Kleid an – und damit Schluss!“

„Gib’s ihr, Mom!“, krähte Baby.

Ich schnitt Baby eine Grimasse, und sie streckte mir die Zunge raus.

„Mädchen!“, fauchte Mom gereizt.

Sie konnte manchmal ganz schön streng sein, deshalb blieb mir wohl nichts anderes übrig, als mich mit dem Trägerkleid abzufinden. Also griff ich mir meinen Rucksack und flitzte aus dem Haus.

Baby kreischte mir hinterher: „Du kommst zu spät! Du kommst zu spät! Hahahahaha!“

Möchte vielleicht jemand eine siebenjährige Nervensäge adoptieren?

Ich lief die Fear Street hinunter und bog in den Park Drive ein. Als ich dann die Hawthorne Street erreichte, legte ich noch mal einen Zahn zu.

Endlich tauchte die Schule vor mir auf. Die Eingangstüren waren geschlossen, und der Schulhof lag völlig verlassen da. Ich war eindeutig zu spät dran.

Beim Anblick des leeren Schulhofs schlug mein Magen plötzlich Purzelbäume. „Das ist bestimmt nur die Nervosität", dachte ich. Ich rannte die Stufen hinauf und zog an der Eingangstür.

Sie war verschlossen!

Ein eisiger Schreck durchfuhr mich. Ausgesperrt an meinem ersten Schultag! „Die Tür kann unmöglich zu sein", überlegte ich. „Sie würden doch wohl nicht einfach alle Schüler einsperren, oder?"

Meistens hilft es mir, alles noch einmal in Ruhe zu durchdenken. Ich verliere nämlich sehr leicht die Nerven, wenn meine Fantasie mit mir durchgeht.

Ich riss noch einmal kräftig an der Tür – und dieses Mal flog sie auf. „Meine vernünftige Seite hat also doch Recht gehabt", dachte ich. „Wie üblich. Die Tür hat einfach nur geklemmt. Kein Grund zur Aufregung."

Das Echo meiner Schritte hallte von den Wänden, während ich den langen, menschenleeren Flur entlangging. Ich schob meinen Rucksack zurecht und drehte nervös eine Haarsträhne um meinen Finger. Ich sollte mich im Büro des Direktors melden, aber ich hatte keine Ahnung, wo es war.

„Hoffentlich kriege ich keinen Ärger, weil ich zu spät gekommen bin", dachte ich nervös. „Sie werden mir doch wohl an meinem ersten Schultag keine Strafe aufbrummen, oder?"

Ich kam an einem großen schwarzen Brett vorbei, das an der Wand befestigt war. In einer Ecke hatte jemand einen großen Kalender angepinnt, der die Monate Mai und Juni zeigte. Alle Tage bis zum 22. Mai – das war heute – waren ausgestrichen, und ein Datum war dick mit rotem Filzstift umrahmt – *Samstag, der zehnte Juni*.

Ich fragte mich, ob an diesem Tag wohl etwas Besonderes los war. Jedenfalls kam mir das Datum irgendwie bekannt vor. Ich wusste, dass ich schon mal davon gehört hatte. Dann fiel es mir wieder ein. Die unheimliche Postangestellte hatte den zehnten Juni erwähnt!

Plötzlich bemerkte ich, dass jemand oben auf die Kalenderblätter geschrieben hatte: *noch 18 Tage bis zu Petes Geburtstag*. Die Zahl war austauschbar, sodass sie von Tag zu Tag gewechselt werden konnte.

„Wow!", dachte ich. „Ich wüsste ja zu gerne, wer Pete ist. Er muss ziemlich beliebt sein, wenn die ganze Schule sich auf seinen Geburtstag freut."

Ich riss meinen Blick vom schwarzen Brett los und bog um die nächste Ecke.

„Oh!“ Ich schnappte nach Luft und blieb so abrupt stehen, dass ich beinahe auf dem gebohnerten Boden ausgerutscht wäre.

Ein Junge torkelte auf mich zu. Er stolperte vorwärts und umklammerte mit beiden Händen seinen Kopf. Sein Gesicht sah irgendwie seltsam aus – richtig grünlich. „Vielleicht ist ihm schlecht“, schoss es mir durch den Kopf.

„Was ist los?“, fragte ich. „Was ist passiert?“

Der Junge stöhnte vor Schmerzen. „Hilfe!“, krächzte er und streckte seine verschmierten Hände aus. Tiefrotes Blut quoll aus einer furchtbaren Wunde an seinem Kopf.

Ich schrie auf, als er genau auf mich zuwankte.

KAPITEL 2

ICH SCHRIE um Hilfe.

Ich versuchte wegzurennen, aber meine Füße fühlten sich an, als wären sie am Boden festgeschweißt. Der Junge fiel vornüber, seine ausgestreckten Hände waren klebrig von Blut. Instinktiv wich ich ihm aus.

Er sank stöhnend auf dem Boden zusammen. „Mein Kopf ... diese furchtbaren Schmerzen ...“

Als ich mich hinkniete und mich über ihn beugte, wurde mir richtig mulmig im Magen. „He, alles ... alles in Ordnung mit dir?“, stotterte ich.

Was für eine blöde Frage! Das Blut lief ihm in Strömen über das Gesicht – jeder Idiot konnte sehen, dass nichts in Ordnung war.

Der Junge stöhnte lauter. Eine Lehrerin öffnete ihre Klassentür. „Was soll denn der Lärm hier draußen?“, fragte sie streng.

Der blutende Junge setzte sich plötzlich auf. „Entschuldigung, Miss Munson“, murmelte er.

Dann lief er davon und wirkte auf einmal merkwürdig gesund.

Miss Munson starrte mich an. „Und du – was machst du hier?“

„Ich ... ich bin neu an der Schule“, stammelte ich. „Wo finde ich denn das Büro des Direktors?“

Ihr Gesichtsausdruck wurde ein bisschen freundlicher. „Den Flur entlang und dann rechts. Willkommen an unserer Schule!“ Mit diesen Worten schloss sie die Tür wieder. Ich ging in Richtung Büro und fragte mich, was wohl aus dem verletzten Jungen geworden war.

Plötzlich hörte ich ein Rascheln. Ein hoch gewachsenes Mädchen bog um die Ecke. Sie trug ein grünes Kleid mit einem altmodischen Reifrock, und ihr braunes Haar hatte sie unter einem weißen Spitzenhäubchen versteckt.

„Was für eine verrückte Schule!“, dachte ich.

Das Mädchen blieb vor mir stehen. „Ist hier vielleicht ein Junge vorbeigekommen, dem Blut über das Gesicht lief?“, fragte sie mich.

Ich nickte. „Was ist ihm denn Schreckliches passicrt?“

Das Mädchen lachte. „Gar nichts. Das ist alles nur Schminke. Wir proben nämlich für die Schulaufführung, und Lukas spielt den Typen, der ermordet wird.“

„Oh“, sagte ich erleichtert.

„Wir haben heute Morgen Generalprobe“, fügte das Mädchen hinzu. „Ich muss mich beeilen.“

Sie zögerte einen Moment. „Bist du neu? Ich glaube, ich habe dich noch nie gesehen."

Zaghaft lächelte ich sie an. „Ich bin Randy Clay. Heute ist mein erster Tag hier."

„Wirklich?", sagte das Mädchen. „Dann bist du also eine Neue. Eine *echte* Neue."

„Stimmt", antwortete ich verwirrt. „Ich bin neu an der Schule." Was war daran so Besonderes?

„Tja, ich muss jetzt mal los", meinte das Mädchen. „Ich bin sowieso schon zu spät dran. War nett, dich zu treffen, Randy. Ich heiße übrigens Sara Lewis. Ich hoffe, wir sehen uns später noch mal. Tschüss!"

Dann rannte sie schnell den Flur hinunter.

Ich trottete weiter auf das Büro des Direktors zu und schüttelte verwundert den Kopf. „Was ist hier bloß los?", fragte ich mich. „Warum verhalten sich alle so merkwürdig?"

Endlich stand ich vor der Tür meiner neuen Klasse und atmete tief durch. Gleich würde ich die Leute treffen, die von jetzt ab meine Freunde sein würden – falls sie mich mochten. Und falls ich sie mochte. Ich öffnete die Tür und trat ein. Die Lehrerin, eine zierliche junge Frau mit kurzen dunklen Haaren, lächelte mich an.

„Miranda Clay?“, fragte sie.

Ich nickte. „Aber alle nennen mich Randy.“

„Ich bin Miss Hartman. Herzlich willkommen. Wie wär’s, wenn du dich auf den leeren Platz in der dritten Reihe setzt?“

Als ich auf den Stuhl zusteuerte, erhob sich ein lautes Gemurmel in der Klasse. Alle starrten mich an und flüsterten miteinander. Tapfer versuchte ich, mich davon nicht verunsichern zu lassen. „Sie sind bestimmt nur neugierig“, sagte ich mir.

Ich saß neben einem hübschen Mädchen mit lockigen blonden Haaren, das mich mit großen Augen anstarrte.

„Hallo!“, begrüßte ich sie freundlich.

Meine Banknachbarin riss die Augen noch weiter auf. Dann wandte sie sich ab und flüsterte dem rothaarigen Mädchen neben sich etwas zu.

„Was haben die bloß alle zu tuscheln? Aber vielleicht reden sie ja gar nicht über mich“, dachte ich. „Ich bin einfach zu empfindlich.“

„Jetzt beruhigt euch langsam mal wieder!“, rief Miss Hartman energisch.

Das Gemurmel verstummte allmählich.

Nachdem der Unterricht begonnen hatte, blickte ich mich im Raum um. Niemand schien an Miss Hartmans Stunde besonders interessiert zu sein. Einige der Kinder starrten mich ganz offen an, andere beobachteten mich verstohlen aus dem Augenwinkel. Die beiden Mädchen, die neben mir saßen, begannen wieder zu flüstern.

Endlich klingelte es zur Pause. Die meisten Schüler stürmten eilig aus der Klasse. Dabei nickten mir einige freundlich zu.

„Spielst du Softball?“, fragte mich ein Mädchen, als wir auf den Flur traten. Sie war kräftig, hoch gewachsen und hatte lange dunkle Haare. Neben ihr stand ein großer blonder Junge.

„Ein bisschen“, sagte ich vorsichtig.

„Wir wollen ein gemischtes Softball-Team aufstellen, mit dem wir während der Sommerferien trainieren“, erklärte der Junge. Er hatte ein freundliches Lächeln. Ich fand ihn richtig süß.

„Ich heiße übrigens Megan“, fügte das Mädchen hinzu. „Und das ist David.“

„Hallo“, sagte ich.

„Ich werd mal einen Schläger ausleihen“, meinte David. „Vielleicht können wir während der Pause ein bisschen üben.“

„Lass uns doch draußen auf ihn warten“, schlug Megan vor. Also gingen wir hinaus in den strahlenden Sonnenschein.

Ein Stück vor uns entdeckte ich das blonde

Mädchen aus meiner Klasse – Laura – und ihre Freundin, Maggie. Sie drehten sich um, und Laura zeigte mit dem Finger auf mich.

Krampfhaft versuchte ich, die beiden einfach zu ignorieren. „Was haben die bloß?", fragte ich mich. Lag es an mir? Ich konnte jedoch nichts an mir entdecken, was das merkwürdige Verhalten der beiden Mädchen erklärt hätte.

Megan hatte inzwischen ein paar Leute zusammengetrommelt, die Lust hatten, Softball zu spielen. Sara, das Mädchen, das ich heute Morgen im Flur getroffen hatte, war auch darunter.

Kurz darauf kehrte David mit einem Schläger und einem Softball zurück.

Laura und Meggie spielten übrigens nicht mit. Sie standen an der Seitenlinie und schauten zu.

Am nächsten Tag sah ich Sara vor dem großen schwarzen Brett in der Eingangshalle stehen. Sie hatte einen Stift in der Hand.

„Hallo!", rief ich ihr zu. „Wie geht's denn so?"

Sara lächelte. „Hallo, Randy." Sie deutete mit dem Stift auf den Zettel, den sie gerade studiert hatte. „Ich denke, ich werde mich auch dafür eintragen."

Auf dem Zettel stand: *Wer hat Lust, Petes Ge-*

burtstagskuchen zu backen? Freiwillige Helfer gesucht! Bitte hier eintragen.

Schon wieder dieser Pete! Ich konnte es kaum glauben – die Leute standen offenbar Schlange, um einen Geburtstagskuchen für ihn zu backen!

„Wer ist denn Pete?“, fragte ich Sara verblüfft.

„Das weißt du nicht?“, staunte Sara. „Also ...“

Plötzlich spürte ich, dass jemand hinter mir stand. Ein warmer Atemhauch strich über meinen Nacken. Ich schreckte zusammen und fuhr herum. Auch Sara drehte sich um.

Hinter uns stand Laura und las über unsere Schulter mit. Sie hatte sich ganz leise angeschlichen, dass wir sie erst bemerkt hatten, als wir ihren Atem im Genick spürten.

Laura warf einen Blick auf den Zettel und hob viel sagend eine Augenbraue. Dann flüsterte sie mir etwas zu. Vielleicht war es nicht so gemeint, aber es klang wie ein bösartiges Zischen.

Ich wollte meinen Ohren kaum trauen. Hatte Laura wirklich etwas so Hinterhältiges zu mir gesagt?

Es hatte sich nämlich angehört, als ob sie mir zugeflüstert hätte: „Du solltest lieber sehr, sehr vorsichtig sein!“

KAPITEL 3

EIN PAAR Tage später schlenderte ich durch die voll besetzte Cafeteria und hielt Ausschau nach Sara, Megan oder David. Um mich herum wimmelte es von Schülern, die riefen, lachten, Witze rissen und einen unglaublichen Lärm machten. Ich entspannte mich ein bisschen.

„Zumindest heute kommt mir diese Schule mal einigermaßen normal vor“, dachte ich erleichtert. Ich hatte mich nämlich die ganze Woche über gefühlt wie ein Tier im Zoo. Ob hier wohl alle Neuen so angestarrt wurden?

Plötzlich entdeckte ich Laura und Maggie. Maggie schien so was wie Lauras Schatten zu sein, ich hatte bis jetzt noch nicht gesehen, dass sie sich auch nur einmal mit jemand anderem unterhalten hätte. Es war wirklich Mitleid erregend.

Ich umklammerte mein Tablett fester und ging an Lauras und Maggies Tisch vorbei.

„Wart's nur ab“, murmelte Laura. „Warte nur bis zum Zehnten!“

Meine Hände begannen zu zittern. Dieses Mal war ich ganz sicher, dass ich mir ihre Worte nicht eingebildet hatte. Wollte Laura mir etwa drohen? Was würde am zehnten Juni geschehen? Ich wusste zwar, dass das Petes Geburtstag war. Aber ich wusste immer noch nicht, wer dieser Pete war.

Ich fühlte mich hilflos. Meine Hände zitterten so heftig, dass ich Angst hatte, mein Tablett mitten in der Cafeteria fallen zu lassen.

Da bemerkte ich, wie mir jemand quer durch den Raum zuwinkte. Ein magerer Junge mit lockigen schwarzen Haaren.

Ich hatte keine Ahnung, wer er war, aber im Moment war mir das auch völlig egal. Hauptsache, ich kam so schnell wie möglich weg von Laura und Maggie. Also ging ich zu dem Jungen hinüber.

„Hallo", begrüßte er mich. „Möchtest du dich zu mir setzen?" Irgendwoher schien er mich zu kennen.

„Gerne", antwortete ich.

„Ich fürchte, ich habe dich neulich ziemlich erschreckt", sagte er kleinlaut. „Es tut mir wirklich Leid. Ich hab mich wohl ein bisschen zu sehr mit meiner Rolle identifiziert."

Ich starrte ihn verständnislos an. Wovon redete er da bloß?

„Übrigens“, fuhr er fort und griff nach seinem Sandwich. „Ich heiße Lucas.“

„Lucas?“, überlegte ich. Der Name kam mir irgendwie bekannt vor. Natürlich. Lucas! Der Junge mit dem blutigen Kopf!

„Ich bin Randy“ stellte ich mich vor. „Ich habe dich zuerst gar nicht erkannt – ich meine, so ganz ohne das Blut im Gesicht.“

Lucas lachte. „Wirst du dir unser Stück ansehen?“, fragte er dann. „Die Aufführung ist in der letzten Schulwoche.“

„Klar“, sagte ich. „Worum geht's denn?“

„Es ist ein Sherlock-Holmes-Krimi“, antwortete Lucas. „Leider verpfuscht der Typ, der den Sherlock spielt, ständig seinen Text. Kennst du David Slater?“

„Ja, er ist in meiner Klasse.“

„Er hat die Hauptrolle in dem Stück“, seufzte Lucas. „Aber er spielt einfach schrecklich! Ich weiß wirklich nicht, warum sie ausgerechnet ihn ausgesucht haben.“

Ich zuckte mit den Schultern.

„Wo wohnst du eigentlich?“, wechselte Lucas das Thema.

„In der Fear Street“, antwortete ich.

„Tatsächlich? Ich auch. Hör einfach gar nicht

auf die Geschichten, die die Leute über diese Straße erzählen. Ich wohne jetzt schon mein ganzes Leben lang dort, und mir ist noch nie etwas Schreckliches passiert."

Geschichten? „Was denn für Geschichten?", fragte ich verdutzt.

Lucas zuckte mit den Achseln. „Man erzählt sich alle möglichen verrückten Dinge über die Fear Street. Wahrscheinlich liegt das nur am Namen. Kennst du den Friedhof ein Stück die Straße runter? Manche Leute behaupten, dass es da spukt. Unser Nachbar hat mir erzählt, dass er dort einmal nach Einbruch der Dunkelheit einen Geist gesehen hat. Er war mit dem Fahrrad unterwegs und ist einfach hindurchgefahren."

„Wow! Ein echter Geist?"

Lucas verdrehte die Augen. „Wer weiß? Ich glaube, er wollte mich nur erschrecken. Ich hab jedenfalls noch nie irgendwelche Geister bei uns in der Gegend gesehen."

Ich wickelte langsam mein Truthahn-Sandwich aus.

„Sicher hat Lucas Recht", dachte ich. „Die Leute erzählen einfach gerne Gruselgeschichten."

Aber ich fühlte mich trotzdem ein bisschen unbehaglich. Der Name „Fear Street" kam doch bestimmt von irgendetwas Schrecklichem, das dort einmal passiert war. Oder nicht?

Auf dem Heimweg trottete ich die Hawthorne Street entlang. Zu meiner rechten Seite lag dichter Wald, der sich bis zur Fear Street erstreckte. „Ich könnte eigentlich durch den Wald gehen“, schoss es mir durch den Kopf. „Wahrscheinlich ist das der schnellste Weg nach Hause.“

Kurz entschlossen verließ ich den Bürgersteig und trat zwischen die Bäume. Durch die plötzliche Dunkelheit und die tiefe Stille hatte ich das Gefühl, als hätte mir jemand eine Decke über den Kopf geworfen. Das warme Sonnenlicht war völlig verschwunden.

Ich fröstelte mit einem Mal.

„Es ist so still hier“, dachte ich, während ich meinen Blick über die hohen Bäume und das dichte Gebüsch wandern ließ. „Man hört weder Gezwitscher noch irgendwelche anderen Tiergeräusche. Warum gibt es hier denn keine Vögel?“

Ich entdeckte einen schmalen, ausgetretenen Pfad, der in die richtige Richtung zu führen schien. Schnell stapfte ich den Weg entlang. Das einzige Geräusch, das zu hören war, war das

Knirschen der Blätter und Zweige unter meinen Füßen.

Knirsch. Knirsch. Knirsch.

Ich war ungefähr zehn Minuten gelaufen, als der Wald sich langsam lichtete.

„Wahrscheinlich bin ich gleich an der Straße", dachte ich erleichtert. Aber ich konnte weder Motorengeräusche noch Stimmen hören.

Plötzlich stand ich auf einer großen Wiese. Hier ragten Steintafeln aus der Erde, die sich bei näherem Hinsehen als Grabsteine entpuppten.

„Ein Friedhof!", durchfuhr es mich voller Schrecken. „Das ist wirklich nichts Besonderes", redete ich mir dann gut zu. „Okay, du musst jetzt den Friedhof überqueren. Na und?"

Ich eilte an den verwitterten Grabsteinen vorbei und blieb nicht mal eine Sekunde stehen, um die Namen darauf zu lesen. „Ich bin schon fast zu Hause", machte ich mir Mut.

Immer noch war das Brechen der Zweige, auf die ich trat, das einzige Geräusch weit und breit.

Knirsch. Knirsch. Knirsch.

Aber plötzlich glaubte ich, ein anderes Geräusch zu hören. Ein Geräusch, das ich auf keinen Fall hören wollte.

Ich blieb wie erstarrt stehen und lauschte angestrengt. Mit den Augen suchte ich den Friedhof und den dichten Wald dahinter ab. Nichts zu sehen. Ich ging weiter.

Knirsch. Knirsch. Knirsch.

Dann hörte ich es wieder. Was war das?

Ich blieb stehen und wartete mit angehaltenem Atem. Nichts.

Während ich aufmerksam den Waldrand beobachtete, trat ich einen Schritt zur Seite.

Irgendetwas berührte meinen Rucksack.

„Ah!“ Erschrocken schrie ich auf und wirbelte herum. Ich blickte in ein von tausend Falten durchzogenes Gesicht, das mich auslachte. Es war ein alter Mann!

Nein – es war eine Statue. Das lebensechte Bildnis eines alten Mannes, der auf seinem eigenen Grab saß – kichernd wie ein Verrückter. „Er lacht mich aus“, dachte ich voller Entsetzen.

Ich musste so schnell wie möglich von hier verschwinden. Ich beschleunigte meine Schritte.

Knirsch, knirsch, knirsch.

Da hörte ich es zum dritten Mal.

Ein Kichern.

Oder ein Lachen.

Das Lachen eines Jungen.

Und Schritte – direkt hinter mir.

KAPITEL 4

BLITZSCHNELL WIRBELTE ich herum.

Doch da war niemand.

Ich lauschte. Kein einziges Geräusch war zu hören.

„Jetzt reicht's mir aber", murmelte ich leise vor mich hin. „Egal, ob Einbildung oder nicht – ich verschwinde jedenfalls von hier!"

Ich stürmte über den Friedhof, so schnell ich konnte. Endlich kam ich in der Fear Street heraus, nur wenige Schritte von unserem Haus entfernt.

Ich sprintete auf die Veranda, riss die Tür auf und warf sie hinter mir gleich wieder zu. Endlich zu Hause und in Sicherheit! Der Duft von Moms Spagettisoße drang aus der Küche.

„Ich muss mir diese Geräusche eingebildet haben", dachte ich. „Wahrscheinlich habe ich nur das Echo meiner eigenen Schritte gehört. Oder den Wind in den Bäumen."

„Randy, bist du das?", rief meine Mutter aus dem Wohnzimmer. „Baby und ich sind hier!"

„Ich heiße *Barbara*!", kreischte meine kleine Schwester. „Von jetzt an müsst ihr mich alle Barbara nennen. Niemand darf mehr Baby zu mir sagen!"

„Okay, okay", sagte Mom beschwichtigend. „Ich muss mich nur erst mal dran gewöhnen."

Als ich ins Wohnzimmer kam, ließ ich mich erschöpft neben Baby und meine Mutter auf die Couch fallen.

„Wie war's in der Schule?", erkundigte sich Mom.

„Ich liebe meinen Lehrer!", verkündete Baby. „Er heißt Mr Pine, und ich bin schrecklich in ihn verliebt!"

„Das freut mich für dich, Baby, aber ich spreche gerade mit Randy", wies Mom sie zurecht.

„Ich heiße *Barbara*!"

„Die Schule ist okay", antwortete ich. „Ich habe eine Menge netter Leute getroffen. Aber einige Kinder scheinen ein bisschen seltsam zu sein."

„Bestimmt sind sie sehr nett, wenn du sie erst mal näher kennen gelernt hast", versicherte mir Mom.

„Ich heirate Mr Pine!" Baby hüpfte auf der Couch auf und ab. „Und dann werde ich ihn *küssen*!"

„Setz dich ordentlich hin, Baby!", kommandierte Mom. „*Batman* hat gerade angefangen."

„Warum ist sie so aufgedreht?“, beschwerte ich mich. „Sie benimmt sich ja wie ’ne Irre.“

Mom klopfte mir beruhigend aufs Knie. „Deine Schwester ist eben noch ein bisschen aufgeregt wegen des Umzugs und der neuen Schule.“

„Seid gefälligst ruhig!“, befahl Baby. „Ich will *Batman* sehen.“

„Ich geh in mein Zimmer“, murmelte ich. „Sag mir bitte Bescheid, wenn das Essen fertig ist.“

Ich schnappte mir meinen Rucksack und lief zur Treppe. In meinem Zimmer warf ich die Tür hinter mir zu und ließ mich aufs Bett plumpsen.

Von dort aus hatte ich einen guten Blick aus dem Fenster. Mein Zimmer ging direkt auf die Fear Street hinaus. Auf der anderen Straßenseite stand eine Reihe einstöckiger Häuser, die genauso aussahen wie unseres.

Gleich dahinter begann der Wald, durch den ich vorhin gelaufen war. Von hier aus konnte ich den Friedhof nicht sehen, aber ich wusste, dass er nicht weit entfernt war.

„Du hast sicher nur den Wind in den Bäumen gehört“, versuchte ich mich zu überzeugen. „Oder vielleicht ein Eichhörnchen.“

Warum nur konnte ich das einfach nicht glauben?

KAPITEL 5

„HEY, RANDY – fang!“

Als ich mich umdrehte, traf mich mit voller Wucht ein großer Lederball in den Magen.

„Uuufff!“ Ich umklammerte mit beiden Armen meinen Bauch, und der Ball plumpste auf den Boden.

„Entschuldige, Randy!“, rief Sara. „Das wollte ich nicht.“

Wir hatten gerade Sportunterricht. Miss Mason, unsere Sportlehrerin, hatte alle möglichen Turngeräte herausgeholt und gesagt, wir sollten uns damit beschäftigen.

„Ach, übrigens, hast du Lust, am Samstag bei mir zu übernachten?“, fragte Sara. „Ich habe auch noch ein paar andere Mädchen eingeladen. Es wird so eine Art Pyjama-Party.“

Ich war so glücklich, dass ich mit meiner Antwort ziemlich laut herausplatzte. „Natürlich komme ich! Das wird bestimmt super!“

Vielleicht könnte ich bei dieser Gelegenheit ein paar der anderen Mädchen besser kennen lernen, und dann würde ich bestimmt bald einen ganzen Haufen Freundinnen haben.

In diesem Moment marschierte Laura an mir vorbei und wirbelte dabei geschickt einen Stab durch die Luft. „Ich hoffe, du bist in Form, Randy“, zischte sie mir zu. „Sonst solltest du dir lieber ein gutes Versteck suchen.“

Ich warf einen Blick zu Sara, die mich aus weit aufgerissenen Augen ansah.

„Sie kommt doch nicht etwa auch zu deiner Pyjama-Party, oder?“, fragte ich.

„Nein“, antwortete Sara.

„Dann ist es ja gut“, sagte ich erleichtert. „Aber was hat sie eigentlich damit gemeint? Letzte Woche hat sie mir schon so was Ähnliches zugeflüstert. Warum erzählt sie mir ständig, dass ich mich in Acht nehmen soll?“

„Das ist schwer zu erklären, Randy.“

„Was soll das heißen? Kannst du mir nicht wenigstens einen Tipp geben?“

„Ach, weißt du, das ist eine lange Geschichte“, antwortete Sara. „Am Samstag wirst du vielleicht mehr darüber erfahren.“

Aber ich ließ nicht locker. „Bitte sag mir doch wenigstens, ob ich irgendwie in Gefahr bin.“

Sara schüttelte den Kopf. „Nicht mehr als alle anderen auch. Glaube ich jedenfalls.“

Endlich war der Sportunterricht vorbei. Sara

und ich zogen uns um und gingen zum Kunstkurs. Wir saßen mit Megan und David an einem Tisch und formten aus feuchten grauen Tonklumpen Tassen und Untertassen.

„Meint ihr, es lohnt sich, sich dieses Theaterstück anzugucken, Leute?“, fragte Megan.

„Klar, die Aufführung wird super!“, sagte Sara im Brustton der Überzeugung. „Alle, die mitspielen, sind sehr gut – nicht wahr, David?“

„Stimmt“, bestätigte der. „Alle – mit Ausnahme von Lucas! Der übertreibt immer so. Er ist eine richtige Flasche!“

„Ich finde, Lucas spielt ziemlich gut“, widersprach Sara. „Und außerdem ist seine Rolle auch nicht besonders groß. Im Grunde genommen wird er doch nur von dem Mörder erstochen und liegt dann den Rest der Szene herum, während du als Sherlock Holmes nach Spuren suchst. Eine Leiche zu spielen, wird Lucas ja wohl gerade noch schaffen. Da kann er schließlich nicht viel verkehrt machen.“

„Neulich habe ich Lucas in seiner Verkleidung gesehen“, warf ich ein. „Er hätte mich beinahe zu Tode erschreckt.“

„Lucas ist unmöglich!“, schnaubte David. „All dieses Gestöhne und Gezittere.“

„Na, komm, David“, schaltete sich Megan ein. „So schlecht kann er doch gar nicht sein.“

„Okay, so schlecht vielleicht auch wieder nicht“, gab David zu. „Aber er ist auf jeden Fall der schwächste Punkt in der ganzen Aufführung.“

„Deswegen hat er wohl auch die kleinste Rolle bekommen“, sagte Sara.

Wir prusteten alle los. Ich fühlte mich richtig glücklich. Ich war erst die zweite Woche an dieser Schule und hatte schon Freunde gefunden. Und bis zu Saras Pyjama-Party waren es nur noch zwei Tage.

Sara wohnte in einem großen Backsteinhaus in North Hills. Sie machte mir die Tür auf, als ich am Samstag bei ihr klingelte.

„Randy ist da!“, rief sie über die Schulter. „Komm gleich mit herunter“, wandte Sara sich dann an mich. Ich schnappte mir meinen Schlafsack und folgte ihr in den Keller.

Im Gegensatz zu unserem Keller, der eher aussieht wie ein finsteres Verlies, ist der Keller der Familie Lewis voll eingerichtet. Der Fußboden ist mit Teppichboden ausgelegt, und bunte Reiseposter hängen an den Wänden.

Sara stellte mir zuerst die anderen Mädchen

vor: Megan, Anita, Karla und deren Zwillingsschwester Kris.

Megan kannte ich natürlich schon, und Anita hatte ich ein paarmal beim Sport gesehen.

„Breitet schon mal eure Schlafsäcke aus“, schlug Sara vor. „Wir werden gleich Popcorn machen und uns dann einen schön schaurigen Gruselfilm anschauen.“

Ich sah mich nach einem Platz für meinen Schlafsack um, denn bei Schlummerpartys ist es ziemlich wichtig, einen netten Nachbarn zu bekommen.

Die anderen Mädchen hatten ihre Schlafsäcke schon auf dem Teppich ausgebreitet. Sie bildeten einen unregelmäßigen Halbkreis vor dem Fernseher. Ich rollte meinen in der Mitte aus.

Sara hatte gerade das Popcorn in die Mikrowelle geschoben, als Mrs Lewis auftauchte.

„Na, amüsiert ihr euch gut?“, fragte sie freundlich. „Ich werde euch ab jetzt nicht mehr stören. Ihr wisst ja, wo ihr mich findet, wenn ihr mich braucht. Und bleibt nicht so lange auf!“

„Klar, Mom“, sagte Sara.

„Versucht bitte, nicht *allzu* laut zu sein. Saras kleine Brüder gehen nämlich bald ins Bett. Wenn sie nicht einschlafen können, werde ich sie zum

Spielen zu euch schicken. Und ich könnte mir vorstellen, dass euch das gar nicht gefällt."

„Sie blufft nur", erklärte Sara ihren Freundinnen.

„Tu ich nicht", antwortete ihre Mutter. „Also, gute Nacht allerseits. Ich hoffe, ihr habt viel Spaß!" Sie winkte uns noch einmal zu und stöckelte dann mit ihren hochhackigen Schuhen die Kellertreppe empor.

„Welchen Film gucken wir denn?", fragte ich neugierig.

„Dracula", informierte mich Sara.

Kris stöhnte auf. „Müssen wir denn unbedingt einen Gruselfilm sehen? Ich kriege doch immer so leicht Angst."

„Du kannst auch gerne nach oben gehen und es dir bei meiner Mutter gemütlich machen", zog Sara sie auf.

„Kris, du Idiotin", schimpfte Karla. „Wir haben *Dracula* doch neulich schon gesehen, und du fandest ihn überhaupt nicht gruselig!"

„Oh, stimmt! Das hatte ich völlig vergessen." Kris lächelte verlegen. Sie schien ein nettes Mädchen zu sein, aber sie wirkte irgendwie ein bisschen zerstreut. Wir schlüpften in unsere Pyjamas und machten es uns in den Schlafsäcken gemütlich. Dann schob Sara die Kassette in den Videorecorder und löschte das Licht.

Der Film war eine alte Schwarzweißfassung von Dracula. Ich finde Schwarzweißfilme gruseliger als Farbfilme – sie sind immer so dunkel und voller geheimnisvoller Schatten.

Als der Film vorbei war, schaltete Sara die Deckenlampe nicht wieder an. Wir blieben einfach sitzen und unterhielten uns in dem schwachen Licht, das von dem Fernseher ausging.

„Das war gar nicht gruselig“, verkündete Kris.

„Was du nicht sagst“, konterte Karla. „Und warum hast du dich dann die ganze Zeit über an mir festgekrallt?“

„Dracula ist doch längst nicht so unheimlich wie Pete“, sagte Anita.

Mit einem Schlag wurde es totenstill im Raum. Mich überfiel wieder dieses komische Gefühl, das ich schon die ganze Zeit hatte, seitdem wir nach Shadyside gezogen waren – das Gefühl, dass alle mir etwas verheimlichten.

Ich durchbrach das Schweigen.

„Wer ist Pete?“

Niemand antwortete.

KAPITEL 6

DIE STILLE war kaum auszuhalten.

„Wer ist Pete?“, fragte ich noch einmal. „Ist das der Typ mit der Hockeymaske? Der aus *Freitag, der dreizehnte*?“

Alle lachten. Aber es klang irgendwie unecht.

„Pete ist keine Figur aus einem Horrorfilm“, erwiderte Anita schließlich. „Er existiert *wirklich*.“

„Tatsächlich?“, fragte ich erstaunt. „Und was ist mit ihm?“

Zuerst antwortete mir niemand. Die Mädchen warfen sich seltsame Blicke zu und vermieden es, mir in die Augen zu sehen.

„Sie versuchen doch bloß, dich zu erschrecken“, dachte ich. „Nur keine Panik! Warte erst mal ab, was sie zu sagen haben.“

„Wir haben bald den Zehnten“, flüsterte Kris. „Heute in einer Woche ist es so weit.“

Der Zehnte! Nicht schon wieder diese Story!

„Was geht hier vor?“, fragte ich. „Was passiert am zehnten Juni?“

Stille.

„Warum sagt mir eigentlich niemand, was los ist?“, beklagte ich mich.

„Früher oder später wird sie es sowieso herausfinden“, brach Anita schließlich das bedrückende Schweigen.

Sara stand plötzlich auf und holte eine Kerze. Sie zündete sie an und stellte sie in die Mitte des Halbkreises, der von den Schlafsäcken gebildet wurde. Dann schaltete sie den Fernseher aus.

Nach einer Weile begann Anita zu sprechen.

„Pete war ein Junge, der vor langer, langer Zeit in Shadyside lebte“, erzählte sie mit leiser Stimme. „Er starb an seinem zwölften Geburtstag – und zwar im Fear-Street-Wald.“

Das Kerzenlicht flackerte über die Gesichter der Mädchen. Wahrscheinlich hatten sie die Geschichte von Pete schon tausendmal gehört, aber sie schien sie immer noch in ihren Bann zu ziehen.

„Niemand weiß genau, wie er gestorben ist“, fuhr Anita fort. „Aber am Morgen seines zwölften Geburtstages wurde seine Leiche gefunden – völlig verschrumpelt. Seine Eltern sorgten für das Begräbnis und ließen ihn hier auf dem Friedhof beerdigen.

Alles schien ganz normal zu sein. Aber ein Jahr später – es war genau an Petes Todestag – spielten einige Kinder im Fear-Street-Wald Verstecken. Plötzlich fing ein Mädchen ganz furchtbar an zu schreien.

‚Da ist Pete', kreischte sie. ‚Ich habe Pete gesehen!'

Und alle Kinder rannten schreiend vor Angst aus dem Wald, denn der tote Junge hatte Verstecken mit ihnen gespielt."

Anita machte eine lange Pause.

„Ein Junge war nach diesem Spiel völlig verändert. Er fing an, nachts lange wach zu bleiben, und heulte wie ein Tier. Und er rannte ständig davon und versteckte sich im Wald. Niemand wusste, was er dort machte. Aber allen fiel auf, dass er nicht mehr wieder zu erkennen war.

Genau ein Jahr später veränderte der Junge sich wieder. Er lief nachts nicht mehr weg und ging bald überhaupt nicht mehr aus dem Haus. Denn er hatte viel zu viel Angst.

Der Junge lag den ganzen Tag zitternd im Bett. Er starrte mit weit aufgerissenen Augen vor sich hin, als wäre er zu Tode erschrocken. Über Nacht wurde sein Haar schneeweiß, sodass er aussah wie ein alter Mann.

Ein Arzt kam, um ihn zu untersuchen. Der Junge erzählte ihm, dass Pete ihn beim Versteckspiel gefangen hätte – und von da an hätte er jede

Nacht die Kontrolle über seinen Körper übernommen. Ein ganzes Jahr lang hätte Pete ihn gezwungen, furchtbare, widerliche Dinge zu tun. Manchmal hätte er sogar auf dem Friedhof schlafen müssen! Dann wäre Pete ganz plötzlich verschwunden.

Natürlich glaubte niemand dem Jungen. Aber im folgenden Jahr passierte einem anderen Kind aus Shadyside genau dasselbe. Und im Jahr darauf dem nächsten.

Die Leute begannen, sich zu fürchten. Schon bald durften die Kinder nicht mehr im Fear-Street-Wald spielen. Alle dachten, dass sie Pete so aus dem Weg gehen konnten. Aber das konnte ihn nicht aufhalten.

Als im nächsten Jahr an seinem Geburtstag keine Kinder zum Versteckspielen kamen, wurde Pete böse. Sehr böse.

Plötzlich passierten schreckliche Dinge. Ein Mädchen, das morgens in den Spiegel schaute, entdeckte voller Entsetzen, dass ihr Gesicht verfaulte. Ihre Haut wurde ganz grün, und ihre Zähne färbten sich schwarz.

Ein Junge hatte ständig einen so ekelhaften Geruch in der Nase, dass er nichts mehr essen konnte. Jedes Mal, wenn er es versuchte, musste er sich übergeben. So wurde er von Tag zu Tag dünner.

Die Haustiere einiger Kinder verschwanden. Andere hörten eine Jungenstimme, die immer wieder rief: ‚Versteckt euch, ich komme!', so lange, bis sie fast wahnsinnig wurden.

Niemand konnte mit Sicherheit sagen, dass Pete für all diese schrecklichen Dinge verantwortlich war.

Aber der ganze Spuk hörte augenblicklich auf, als die Kinder zum Spielen in den Wald zurückkehrten."

Anita blickte Randy mit ernstem Gesicht an.

„Deswegen feiern wir alle jedes Jahr am zehnten Juni Petes Geburtstag. Wir gehen dann in den Fear-Street-Wald und spielen Verstecken. Und Pete muss uns suchen.

Der Erste, den er findet und berührt, hat verloren, und Pete übernimmt seinen Körper für den Rest des Jahres. Dieses Kind ist Pete dann hilflos ausgeliefert.

Pete braucht einen richtigen Körper, in dem er leben kann – einen echten Körper. Er möchte nämlich kein Geist sein, sondern ein lebendiger Mensch. Deswegen schnappt er sich jedes Jahr den Körper eines anderen Kindes, das ungefähr in seinem Alter ist. Das heißt, dieses Jahr wird es einen von uns erwischen!“

Wir saßen alle wie versteinert da. Ich beobachtete Anitas Gesicht im flackernden Schein der Kerze. Vielleicht hatte sie sich das alles nur ausgedacht. Aber sie sah wirklich sehr ängstlich aus.

„Das ist bestimmt nur eine erfundene Geschichte“, versuchte ich mir einzureden. „Es *muss* einfach so sein.“

Und ich hatte bis heute gedacht, Pete wäre ein besonders beliebter Schüler an der Schule!

Schließlich durchbrach Sara die Stille, die nach Anitas Erzählung auf uns lastete. „So lautet jedenfalls die Legende.“

Alle schauten mich gespannt an und warteten auf meine Reaktion.

„Wow!“, sagte ich endlich. „Das ist ja wirklich ’ne irre Gruselstory.“

„Es ist wahr“, widersprach Anita. „Am zehnten Juni wird Pete irgendjemanden fangen, den wir kennen. Vielleicht sogar eine von uns.“

„Ich hoffe, dass er nicht mich erwischt“, jammerte Kris.

„Also, ich habe gehört, dass er Tiere tötet und sie dann isst“, meldete sich Sara zu Wort. „Erinnert ihr euch noch, wie damals Jeff Walkers Hund verschwunden ist? Eine Menge Leute dachten, dass Pete ihn erwischt hat."

„Puuh." So langsam wurde mir doch ein bisschen übel.

Anita schien es nicht viel besser zu gehen. „Er geht nachts zum Friedhof oder in den Wald. Und er heult wie ein wildes Tier", stieß sie hervor.

„Als unser Großvater ein kleiner Junge war, hat es seinen besten Freund erwischt", erzählte Kris atemlos. „Nachdem sein Jahr mit Pete endlich vorbei war, wurde er verrückt und landete schließlich in der Irrenanstalt."

„Vor ein paar Jahren war meine ältere Schwester bei dem Versteckspiel dabei", meldete sich Anita zu Wort. „Sie hat mir erzählt, dass nach dem Spiel das Haar eines Mädchens ganz weiß geworden ist – genau wie in der Legende. Sie sah aus wie eine kleine alte Dame."

„Und ich habe von einem Jungen gehört, der nie wieder gesprochen hat", berichtete Sara. „Nachdem Pete seinen Körper übernommen hatte, sagte er kein einziges Wort mehr und lief einfach nur noch ziellos durch die Straßen. Sein Kiefer wackelte, und er rollte ganz unheimlich mit den Augen. Angeblich hat er sich nie wieder davon erholt."

„Die Dinge, zu denen Pete ihn gezwungen hat, waren so schrecklich“, fügte Anita hinzu, „so widerlich, dass er mit keinem Menschen darüber sprechen konnte. Und so hörte er ganz auf zu reden.“

„Wie furchtbar!“, dachte ich entsetzt. Panik schnürte mir die Kehle zu.

Aber dann schluckte ich ein paarmal kräftig und riss mich zusammen. „Halt dich an die Tatsachen“, sagte ich zu mir. „Das sind alles bloß Schauermärchen. Was du brauchst, sind knallharte Fakten.“

Da berührte Megan meinen Arm und sah mich eindringlich an. „Da ist noch etwas, Randy ... du bist in größerer Gefahr als wir anderen.“

Das Kribbeln in meinem Nacken kehrte plötzlich zurück. „Ich? Warum denn das?“

Megan beugte sich vor und raunte mir ins Ohr: „Weil Pete neue Kinder besonders gerne mag. Darum.“

Die Kerze flackerte und ging dann plötzlich aus.

Ein Schrei zerriss die Dunkelheit.

KAPITEL 7

IM KELLER wurde es pechschwarz. Wir drängten uns eng aneinander, umklammerten uns gegenseitig und schrien wie am Spieß.

Auf einmal kam es mir so vor, als hätte ich durch all das Geschrei ein Kichern gehört. Sara schien es auch bemerkt zu haben, denn sie rief: „Joseph? Paul? Seid ihr das?“

Sie krabbelte zu einem Beistelltischchen und tastete nach der Lampe, die darauf stehen musste. Kurz darauf ging das Licht an.

Gegen die Wand bei der Treppe gelehnt, hockten zwei kleine Jungen in Schlafanzügen und krümmten sich vor Lachen.

„Das hätte ich mir ja denken können“, schnaubte Sara. „Es sind nur meine blöden kleinen Brüder.“

Die beiden kicherten immer noch, als Sara sie die Treppe hinaufscheuchte.

Ihr war deutlich anzusehen, wie sauer sie war, als sie sich wieder im Halbkreis der Schlafsäcke niederließ.

„Wollen wir noch ein anderes Video gucken?“,

versuchte Karla, sie abzulenken. „Oder vielleicht läuft ja auch ein guter Film im Fernsehen."

„Warte mal einen Moment!", schaltete ich mich ein. „Ich würde eigentlich gerne noch mehr über Pete erfahren."

„Das ist doch nur eine alte Schauergeschichte, Randy", versicherte mir Sara. „Du brauchst dir wirklich keine Sorgen zu machen. Wir wollten dich nur ein bisschen erschrecken." Sie schwieg einen Moment. „Das wollten wir doch, nicht wahr?"

Keines der Mädchen sagte ein Wort.

Anita sah Sara mit ihren großen blauen Augen ein wenig ängstlich an.

„Die Leute erzählen sich die schlimmen Geschichten über Pete bestimmt nicht ohne Grund", beharrte sie. „Ich bin ganz sicher, dass sie wahr sind."

„Ach, komm schon, Anita", seufzte Karla. „Du glaubst doch einfach alles. Weißt du noch, wie Megan dir erzählt hat, sie hätte ein künstliches Gebiss? Da bist du auch drauf reingefallen."

Anitas Augen funkelten vor Wut, aber sie wurde trotzdem rot.

„Ich verstehe nicht, warum ihr überhaupt bei dem Versteckspiel mitmacht", meldete ich mich wieder zu Wort. „Ich meine, wenn es tatsächlich einen Geist namens Pete gibt, der in fremde Körper schlüpfen kann, warum sollte man dann überhaupt dieses Risiko eingehen?"

Kris lächelte mich dümmlich an. „Weil es Spaß macht."

„Eigentlich ist es gar nicht so unheimlich", behauptete Megan großspurig. „Es ist mehr eine Art besonderer Nervenkitzel. Schon wenn du noch klein bist, erzählen dir die älteren Kinder von diesem Versteckspiel, und irgendwie freust du dich darauf, weil es so aufregend klingt."

„Und wenn die ganze Sache vorbei ist, reden alle über nichts anderes", erzählte Karla. „Ich möchte das Spiel auf keinen Fall verpassen."

„Und außerdem halten dich alle für einen Feigling, wenn du nicht mitmachst", fügte Kris hinzu.

„Du musst unbedingt mitspielen, Randy!", drängte Sara. „Alle tun es."

Die anderen Mädchen lachten.

„Aber sei bloß vorsichtig, Randy", murmelte Megan mit düsterer Stimme. „Pete wird bestimmt dich aussuchen! Er mag neue Kinder!"

„Du solltest besser schon mal mit dem Lauftraining anfangen", mahnte Kris grinsend. „Um einem Geist zu entkommen, muss man nämlich ganz schön schnell sein."

Alle redeten nun durcheinander, lachten und zogen mich auf. Ich tat so, als ob ich mitlachte, aber in Wirklichkeit machte ich mir Sorgen – und hatte Angst.

„Es ist doch nur ein Spiel", versuchte ich mich zu beruhigen. „Nichts weiter als eine alte Tradition."

Aber wenn doch mehr dahinter steckte?

„Wenn die Geschichte wahr ist", begann ich, „muss Pete doch im Moment im Körper irgendeines Kindes stecken. Nicht wahr? Vielleicht sogar in jemandem, den wir kennen!"

„Stimmt, Randy", sagte Megan spöttisch. „Theoretisch könnte er in der Schule direkt neben dir sitzen."

„Oder hier im Keller!", fügte Kris mit Grabesstimme hinzu.

„Ich könnte Pete sein!", rief Sara.

„Oder ich", meinte Megan.

„Randy, pass auf! Pete ist direkt hinter dir!" Karla deutete mit dem Finger in meine Richtung und tat so, als wäre sie furchtbar erschrocken. Die anderen brachen vor Lachen fast zusammen.

„Ob an dieser Geschichte wohl etwas Wahres

dran ist?“, fragte ich mich verunsichert. „Oder wollen die anderen mich wirklich nur erschrecken?“

Ich beschloss, der Sache auf den Grund zu gehen.

Ich würde die Wahrheit schon herausfinden!

Am Montag in der Schule konnte ich nur noch an Pete denken. Und an das bevorstehende Versteckspiel. Als ich am schwarzen Brett vorbeikam, warf ich automatisch einen Blick auf den Kalender. Nur noch fünf Tage bis zu Petes Geburtstag!

Ich ließ mir noch einmal alles durch den Kopf gehen, was ich auf Saras Pyjama-Party gehört hatte. All die Geschichten darüber, wie Pete in den Körper eines Kindes schlüpfte und ihn nachts dazu benutzte, um schreckliche, widerliche Dinge zu tun.

Dabei fiel mir ein, dass derjenige, dessen Körper er im Moment übernommen hatte, tagsüber wohl ziemlich müde sein musste. Also schaute ich mir die Leute in der Schule daraufhin an, ob sie Ringe unter ihren Augen hatten. Leider stellte sich heraus, dass viele Schüler müde aussahen. Ich fragte mich, was *sie* wohl die ganze Nacht machten. Konnten sie vielleicht nicht schlafen, weil sie sich vor Pete fürchteten?

Mir fiel auf, dass Laura und Maggie sich ebenfalls unauffällig umsahen. „Ob sie wohl auch versuchen, herauszufinden, in wessen Körper Pete sich versteckt“, dachte ich. Laura grinste höhnisch, als sie mich sah. „Du bist verloren, Neue!“, rief sie mir zu.

Na ja, wenigstens wusste ich jetzt, was sie damit meinte.

In der Mittagspause schlängelte ich mich durch die überfüllten Flure, um das Essen, das ich mir mitgebracht hatte, aus meinem Spind zu holen.

Schon von weitem entdeckte ich einen großen, mageren Jungen, der sich gegen meinen Spind lehnte. Es war Lucas.

„Was macht der denn hier? Wartet der etwa auf mich?“, fragte ich mich verblüfft. „Was will er bloß von mir?“

Ich atmete tief durch und ging mit energischen Schritten zu Lucas hinüber. Als er mich bemerkte, richtete er sich auf. Er hatte also *tatsächlich* auf mich gewartet. Langsam wurde ich etwas nervös.

„Hallo, Randy.“

„Hallo, Lucas.“ Ich nickte ihm kurz zu und beschäftigte mich dann intensiv mit dem Zahlenschloss an meiner Schranktür.

„Hast du Lust, mit mir zu Mittag zu essen?"

Ich ließ das Schloss los und schaute Lucas erstaunt an. Unter seinen Augen lagen tiefblaue Schatten, und er sah furchtbar müde aus.

„Ich dachte nur, dass du vielleicht froh bist, wenn du nicht alleine essen musst. Weil du doch neu an der Schule bist und so ...", fügte er verlegen hinzu.

Ein eisiger Schauer lief mir über den Rücken. *„Pete mag neue Kinder"*, hatten die Mädchen gesagt.

Lucas blieb hartnäckig. „Kommst du eigentlich auch zu dem Versteckspiel am Samstag? Ich hoffe sehr, dass ich dich dort treffe."

In meinem Kopf schrillten Alarmsirenen.

„Du musst unbedingt kommen", drängte Lucas. „Alle anderen gehen auch hin."

„Warum ist ihm das denn so wichtig?", überlegte ich voller Panik. „Warum liegt ihm so viel daran, dass ausgerechnet ich – die Neue – zu diesem Versteckspiel komme?"

Mir fiel nur ein einziger Grund ein.

„Oh Gott, nein!", dachte ich entsetzt. „*Lucas* ist Pete!"

KAPITEL 8

ICH LEHNTE meinen Kopf gegen den Spind und konzentrierte mich auf die Zahlenkombination. „Beruhige dich!“, redete ich mir gut zu.

Klick! Das Schloss öffnete sich – endlich!

„Na, wie sieht’s aus, Randy?“, fragte Lucas noch einmal. „Möchtest du nun mit mir zusammen essen?“

„Mach ihn bloß nicht wütend!“, ermahnte ich mich. Ich warf meine Bücher in den Spind. „Ich kann leider nicht“, antwortete ich.

„Oh, das ist aber schade.“ Er wirkte richtig geknickt.

„Ich habe David und Sara versprochen, mit ihnen die Mathehausaufgaben durchzugehen“, erklärte ich hastig. Das war nicht einmal gelogen.

„Meinst du etwa David Slater?“ Lucas richtete sich auf. „Der ist doch ein echter Blödmann!“

„Nein, ist er nicht“, verteidigte ich David. „Ich finde ihn sehr nett.“

„Dann essen wir eben morgen zusammen“, kam Lucas noch einmal auf seine Einladung zurück. „Abgemacht?“

„Na ja …“ Ich zögerte.

„Abgemacht, Randy?“

„Okay“, stimmte ich mit einem mulmigen Gefühl im Magen zu. „Morgen.“

Ich sah Lucas nach, wie er langsam durch den Flur auf die Cafeteria zuschlenderte. Wieder überlief mich ein kalter Angstschauer.

„Hör auf, dich verrückt zu machen!“, befahl ich mir. „Halt dich lieber an die Tatsachen! Erstens: Lucas sieht ziemlich müde aus. Zweitens: Er scheint dich – die Neue – zu mögen. Drittens: Er möchte, dass du zu diesem Versteckspiel kommst.“ Aber das alleine reichte noch nicht aus, um zu beweisen, dass Lucas Pete war. Ich musste unbedingt herausfinden, ob mein Verdacht stimmte. Denn wenn ich ganz sicher war, dass Pete sich in Lucas' Körper verbarg, konnte ich ihm bei dem Spiel aus dem Weg gehen.

Auf keinen Fall würde ich zulassen, dass er mich erwischte. Ich war nicht besonders scharf darauf, das nächste Jahr mit einem ekelhaften Geisterjungen zu verbringen.

Rasch griff ich mir die Tüte mit meinem Mittagessen und rannte los, um mich mit David und Sara zu treffen. Ich entdeckte Sara an einem Ecktisch ganz hinten in der Cafeteria.

„Hör zu, Sara“, stieß ich atemlos hervor. „Du musst mir unbedingt helfen! Ich glaube, dass Pete in Lucas’ Körper steckt. Ich werde ihn so lange beobachten, bis ich mir ganz sicher bin. Hilfst du mir dabei?“

Sara starrte mich an, als sei ich komplett verrückt geworden. „Lucas?“, rief sie. „Das kann nicht sein!“

„Ich glaube doch!“, widersprach ich ihr. „Weißt du, was er getan hat? Er hat mich gefragt, ob ich mit ihm zu Mittag essen will!“

Sara schlug mit gespieltem Entsetzen die Hände über dem Kopf zusammen und spottete: „Er hat dich gefragt, ob du mit ihm *zu Mittag essen* willst? Das ist ja *grauenhaft*!“

Ich seufzte ungeduldig. „Hör mir doch erst mal zu! Als Nächstes hat er etwas darüber gesagt, dass ich neu an der Schule bin. Und dann meinte er noch, ich solle unbedingt zu dem Versteckspiel kommen. Außerdem sah er furchtbar müde aus – wahrscheinlich, weil er sich jede Nacht auf dem Friedhof rumtreibt.“

Sara tippte sich nachdenklich mit dem Finger ans Kinn. „Ich weiß nicht, Randy. Ich meine, ich bin mir nicht mal sicher, ob ich überhaupt an diesen ganzen Pete-Kram glaube. Wir wollten dir auf meiner Party doch nur einen kleinen Schrecken einjagen!"

In Wirklichkeit war ich mir auch nicht so ganz sicher, ob Pete tatsächlich existierte. Aber was, wenn doch?

Ich stieß Sara aufmunternd an. „Du willst mir also wirklich nicht helfen?"

„Helfen? Wobei denn?" David ließ sich auf den Stuhl neben mir plumpsen.

„Randy will Lucas nachspionieren. Sie denkt, dass er Pete ist."

David lachte. „Lucas? Niemals."

„Meine Worte", sagte Sara.

Ich wandte mich an David: „Ich muss es unbedingt herausfinden, aber Sara will mir nicht dabei helfen. Und ... na ja, es wäre bestimmt unheimlich, Lucas alleine zu beobachten. Könntest du nicht vielleicht mitkommen?"

David starrte mich mit offenem Mund an.

„Na, komm schon, David", bat ich. „Wenn wir vor dem Spiel herausfinden, wer Pete ist, können wir ihm aus dem Weg gehen. Du möchtest doch sicher auch nicht, dass er dich fängt, oder?"

„Natürlich nicht", antwortete David. „Aber was ist, wenn er uns beim Spionieren erwischt?"

„Das wird er schon nicht", beruhigte ich ihn.

„Wir werden einfach ganz besonders vorsichtig sein. Bitte, David!“

„Okay“, sagte David mit einem tiefen Seufzer. „Ich helfe dir.“

„Danke!“ Ich fühlte mich gleich viel besser. „Wann wollen wir anfangen?“

David zuckte mit den Achseln. „Wie wär’s mit heute Abend?“

„Ihr beiden spinnt wirklich“, erklärte Sara.

„Vielleicht“, antwortete ich. „Aber wenn der zehnte Juni kommt, werden David und ich vorbereitet sein. Und wer weiß, Sara – vielleicht erwischt Pete ja dann *dich*.“

Ich wartete bis nach dem Abendessen. Draußen dämmerte es langsam.

„Ich geh noch mal ’ne Runde um den Block“, informierte ich Mom und Dad.

David und ich trafen uns an der Ecke Fear Street und Park Drive.

„Bist du bereit?“, fragte er mit Verschwörermiene.

„Klar“, antwortete ich lässig.

Gemeinsam gingen wir zu Lucas’ Haus.

Er wohnte auch in der Fear Street, nicht weit von uns entfernt. Wir beobachteten das Haus von der anderen Straßenseite und hielten uns dabei im Schatten. In der Küche brannte Licht. Durch das Fenster konnte ich ganz deutlich eine Frau erkennen.

„Wer ist das?“, wisperte ich.

„Sieht aus wie Lucas’ Mutter“, antwortete David ebenso leise. „Wahrscheinlich wäscht sie gerade ab.“

Wir warteten. Bis auf die hell erleuchtete Küche lag die Vorderfront des Hauses im Dunkeln. „Das kann ja ganz schön langweilig werden“, dachte ich frustriert.

Plötzlich flüsterte David. „Sieh doch mal!“

Genau in diesem Moment wurde die Haustür geöffnet, und Lucas erschien. Er sprang die Stufen hinunter und lief durch den Vorgarten. Dann ging er die Fear Street hinunter und auf den Wald zu.

David und ich duckten uns hinter ein geparktes Auto, als er vorbeiging. Dann folgten wir ihm auf der anderen Straßenseite. Ich betete, dass er uns nicht bemerken würde.

Lucas ging in schnellem Tempo die Fear Street entlang und pfiff dabei vor sich hin. Die Melodie kam mir irgendwie bekannt vor.

„Wie heißt bloß dieses Lied?“, überlegte ich.

„Ich bin sicher, dass ich es von irgendwoher kenne."

Lucas pfiff die Melodie wieder und wieder, und schließlich erkannte ich sie. Mir fiel plötzlich ein, dass ich dieses Lied als kleines Kind immer gesungen hatte.

Es war ein Trauermarsch, und der Text lautete:

Bete für die Toten, die dort unten ruhn,
denn außer den Gebeten
kannst du für sie nichts tun.

Ich warf einen Blick hinüber zu David. Er kannte das Lied offenbar auch.

„Ganz schön gruselig, was?", flüsterte ich ihm zu. „Warum pfeift er wohl ausgerechnet einen Trauermarsch?"

„Vielleicht ist das ja Pete, der sich an seine eigene Beerdigung erinnert", meinte David.

Bei seinen Worten bekam ich eine Gänsehaut.

Als wir an unserem Haus vorbeigingen, warf ich einen sehnsüchtigen Blick hinüber. Am liebsten wäre ich einfach heimgelaufen und hätte die ganze Geschichte vergessen. Aber ich musste unbedingt die Wahrheit über Lucas herausfinden!

Kaum hatten wir den Fear-Street-Wald erreicht,

bog Lucas von der Straße ab und verschwand zwischen den Bäumen.

David und ich folgten ihm. Am Waldrand blieb ich zögernd stehen. „Es ist schrecklich finster da drinnen“, sagte ich kleinlaut.

Aber schließlich folgte ich David, weil ich auf keinen Fall alleine zurückbleiben wollte.

Im Wald war es stockdunkel. Aufmerksam lauschten wir Lucas’ Schritten und versuchten, ihn nicht zu verlieren.

„Hier lang!“, flüsterte David. Wir bahnten uns einen Weg durch dichtes Gebüsch. Aber das Geräusch von Lucas’ Schritten wurde immer schwächer. Nach wenigen Minuten war nichts mehr zu hören.

Wohin war er gegangen?

David und ich stolperten weiter durch den Wald und gaben uns Mühe, leise zu sein.

Plötzlich hörte ich ein Stück vor uns Geräusche. Ich lauschte angestrengt.

„David, was ist das?“

Er blieb wie angewurzelt stehen und spitzte die Ohren.

Es klang wie Kinderstimmen. Kinderstimmen, die irgendetwas riefen. Der Wind trug die Worte zu uns herüber. „Eins, zwei, drei, vier, Eckstein!

Alles muss versteckt sein!“ Dann hörten wir aufgeregtes Gekicher, und eine Stimme kreischte: „Du musst suchen! Du musst suchen!“

„Was hat das zu bedeuten?“, fragte ich mich erschrocken.

Vielleicht war das ja Pete, der für das Versteckspiel am Samstag übte!

„Ich hab dich! Jetzt bist du dran!“

Plötzlich fröstelte ich heftig in meinen Shorts und dem dünnen T-Shirt. „Es ist doch Juni“, schoss es mir durch den Kopf. „Wieso ist es auf einmal so kalt?“

Ich bekam eine Gänsehaut.

Eine Kinderstimme rief: „Renn zum Anschlagmal! Na los, schnell!“

David umklammerte mit festem Griff meinen Arm. Schweiß lief ihm über das Gesicht. „Wir müssen sofort von hier verschwinden!“, stieß er hervor und zerrte an meinem Arm.

Bevor ich noch protestieren konnte, rasten wir auch schon durch den Wald, so schnell uns unsere Turnschuhe trugen. Ich hatte Mühe, mit David Schritt zu halten.

Auf einmal fing irgendwo in der Nähe ein kleiner Junge an, mit monotoner Stimme zu zählen: „Fünf ... zehn ... fünfzehn ...“

„Komm schon, Randy!“, schrie David panisch. „Beeil dich!“

Ich glaube, er hatte noch mehr Angst als ich.

Der Fear-Street-Wald ragte rings um uns auf wie ein pechschwarzes Labyrinth. Ich wich Bäumen und herabhängenden Ästen aus und versuchte, David einzuholen.

„Fünfundvierzig ... fünfzig ... fünfundfünfzig ...“, zählte die Stimme.

„Bitte mach, dass Lucas uns nicht entdeckt!“, betete ich im Stillen. „Bitte, bitte lass uns hier heil wieder rauskommen!“

„Hier lang!“, rief David auf einmal und zeigte auf ein Licht, das vor uns durch die Bäume schimmerte.

„Siebzig ... fünfundsiebzig ... achtzig ...“ Die Kinderstimme des Jungen wurde immer höher und schriller.

Ich wusste nicht, was das für ein Licht war, aber ich hoffte von ganzem Herzen, dass es Sicherheit bedeutete. Deshalb lief ich darauf zu, so schnell mich meine Füße trugen.

Und dann hörte ich es: „Hundert! Versteckt euch, ich komme!“

KAPITEL 9

Das Licht schwenkte in einem großen Bogen an uns vorbei. Es waren die Scheinwerfer eines Wagens gewesen, die uns sicher aus dem Wald geführt hatten.

David und ich standen keuchend am Straßenrand. Plötzlich begann David zu lachen.

„Könntest du mir vielleicht mal sagen, was du so komisch findest?“, fragte ich verblüfft.

David schnappte nach Luft und versuchte, wieder zu Atem zu kommen. „Uns“, japste er. „Wir haben uns doch tatsächlich von ein paar kleinen Kindern in die Flucht schlagen lassen.“

„Er hat Recht“, dachte ich. „Da hören wir ein paar harmlose Kinder, die im Wald spielen, und schon rennen wir schreiend weg.“

„Bin ich froh, dass uns keiner von unseren Freunden gesehen hat“, sagte ich und musste jetzt auch lachen. „Wie peinlich!“

„Hilfe! Hilfe! Eine Horde Kleinkinder!“ David tat so, als würde er sich zu Tode fürchten. „Rettet mich! Da kommt ein Erstklässler!“

„Pass auf!“, witzelte ich. „Er hat Fingerfarbe an den Händen!“

„Wir waren viel zu nervös", meinte David, als wir uns wieder beruhigt hatten. „Pete existiert sicher gar nicht."

„Wahrscheinlich hast du Recht", stimmte ich ihm zu. Aber irgendwie war ich von meinen eigenen Worten nicht so richtig überzeugt.

„Randy, du fängst langsam an, mir Angst einzujagen", flüsterte Sara.

„Ich muss es aber unbedingt herauskriegen", murmelte ich dickköpfig.

Alle Sechstklässler hatten sich in der Turnhalle versammelt – ausnahmsweise Mädchen und Jungen zusammen. Sara und ich saßen neben Kris und Karla auf einer Bank.

„Warum treibt Lucas sich wohl nachts im Wald herum, hm?", rätselte Sara. „Entweder Pete steckt in seinem Körper, oder er hat irgendetwas Merkwürdiges vor. Du solltest ihm besser aus dem Weg gehen, Randy."

„Aber ich habe noch nicht genug Beweise. Vielleicht ist Lucas ja doch nicht Pete. Ich muss es auf jeden Fall wissen, bevor das blöde Versteckspiel stattfindet. Und bis dahin sind es nur noch drei Tage."

„Was ist heute eigentlich los?", unterbrach Karla unser Gespräch. „Wir haben doch sonst nie mit den Jungen zusammen Sport."

„Ich wette, wir lernen Judo oder so was Ähnliches", tippte Kris. „Wär das nicht klasse?"

„Das kann man wohl sagen", murmelte Karla. „Aber ich kann mir nicht vorstellen, dass uns ausgerechnet Miss Mason Selbstverteidigung beibringt."

In diesem Moment rief die Sportlehrerin laut: „Hört mal alle her!" Sie klatschte in die Hände. „Wahrscheinlich fragt ihr euch, warum Jungen und Mädchen heute zusammen Sportunterricht haben. Nun, ich werde es euch sagen. Wir lernen heute nämlich etwas ganz Neues."

„Wenn schon nicht Judo, dann wenigstens Karate", seufzte Kris sehnsüchtig. „Bitte, bitte!"

„Es ist etwas, das bestimmt euch allen gefallen wird", fuhr Miss Mason fort. „Squaredance."

Alle stöhnten und protestierten lauthals.

Mr Sirk blies in seine Trillerpfeife. „Hey! Jetzt beruhigt euch mal wieder!", rief er in scharfem Ton.

Langsam legte sich der Lärm.

Miss Mason sagte: „Ich verstehe ja, dass ihr aufgeregt seid, aber ihr werdet bestimmt nichts lernen, wenn ihr weiter redet." Sie machte eine kurze Pause. „Zuerst zeigen Mr Sirk und ich euch die Schritte. Dann legen wir eine Kassette mit Volksmusik ein, und ihr versucht es selber. Mr Sirk wird den Ansager machen."

Miss Mason schien tatsächlich zu glauben, dass das alles äußerst aufregend für uns wäre. Aber keiner von uns fand ihre Ankündigung besonders spannend.

„Zuerst müsst ihr euch alle einen Tanzpartner suchen. Wenn ihr schon jemanden wisst, dann geht hin und fordert ihn oder sie auf."

Niemand bewegte sich, aber alle begannen, wild durcheinander zu reden.

Miss Mason klatschte wieder in die Hände.

„Wenn ihr selbst niemanden auffordern wollt, werden Mr Sirk und ich das gerne für euch übernehmen."

Für einige Sekunden herrschte angespannte Stille.

„Niemand hat Lust auf diesen blöden Squaredance", flüsterte Karla. „Warum gibt sie's nicht einfach auf?"

Da schoss auf einmal mitten aus der Menge Lucas in die Höhe.

„Ich fordere Randy Clay auf!", verkündete er laut.

Kapitel 10

Lucas hatte mich gewählt!

Auf den Rängen herrschte atemlose Stille. Kris und Karla starrten mich mit weit aufgerissenen Augen an.

Lucas hatte mich als Tanzpartnerin ausgesucht. Langsam kam ein Beweis zum anderen.

„Prima, Lucas!“, rief Miss Mason mit munterer Stimme. „Randy, wo bist du denn? Randy ist doch die Neue, nicht wahr?“

Mit zitternden Knien saß ich wie festgeklebt auf meiner Bank.

„Was soll ich denn jetzt tun?“, flüsterte ich Karla und Kris verzweifelt zu.

Karla zuckte mit den Achseln. „Ich denke, du hast keine andere Wahl. Du gehst wohl besser da runter.“

Lucas war schon auf dem Weg von der Tribüne nach unten.

„Randy!“, rief Miss Mason ungeduldig. „Ich weiß, dass du da bist. Komm jetzt bitte auch runter!“

Wie in Zeitlupe stieg ich die Tribüne hinunter und betrat den Hallenboden. Lucas stand ein

Stück entfernt von den anderen und wartete auf mich.

Plötzlich fiel mir siedend heiß ein, dass sich die Tänzer beim Squaredance einhakten und dann im Kreis herumwirbelten. Das hieß, ich würde Lucas *berühren* müssen. Ich musste einen *Toten* anfassen! Mein Magen protestierte. Auf keinen Fall konnte ich mit einem Geisterjungen tanzen!

„Miss Mason", sagte ich mit schwacher Stimme. „Mir ist schlecht."

Sie runzelte die Stirn. „Du siehst tatsächlich ein bisschen blass aus."

Inzwischen war mir wirklich richtig übel.

„Du meldest dich wohl besser im Krankenzimmer", meinte Miss Mason.

Ich beeilte mich, aus der Turnhalle zu verschwinden. Auf dem Weg zur Tür spürte ich Lucas' stechende Blicke in meinem Rücken.

„Weißt du, eigentlich war dieser Squaredance gar nicht so schlecht", sagte Karla, als wir aus dem Einkaufszentrum kamen. Ich war mit ihr, Kris und Sara im Kino gewesen. Jetzt war es acht Uhr und noch nicht ganz dunkel.

„Vielleicht hätte es dir ja doch Spaß gemacht, Randy."

„Das glaube ich kaum“, sagte ich. „Mir war ja schon übel, als ich Lucas nur angesehen habe.“

„Jetzt hör doch endlich mal *damit* auf“, knurrte Karla. „Lucas hat zum Schluss Marcia Lee als Partnerin abgekriegt, und ihr ist nicht das Geringste passiert.“

„Ich finde auch, dass du dich mit diesem Versteckspiel ganz verrückt machst“, pflichtete Sara ihr bei. „Ich meine, du weißt doch nicht mal genau, ob Pete wirklich existiert.“

Als ich das hörte, platzte mir der Kragen. *„Ihr* habt mir doch schließlich von ihm erzählt! Wenn die ganze Geschichte gar nicht wahr ist, warum spielt ihr dann eigentlich jedes Jahr dieses merkwürdige Spiel? Und weshalb landen Kinder mit schneeweißen Haaren im Irrenhaus und sprechen nie wieder ein Wort? Da muss doch was dran sein!“

Kris sah auf einmal richtig erschrocken aus. „Irgendwie hat sie Recht, oder?“

„Nun beruhigt euch mal wieder, Leute!“, versuchte Sara uns zu beschwichtigen. „Es ist doch bloß ein Spiel. Und wenn es ein bisschen gruselig ist, macht es nur noch mehr Spaß.“

„Außerdem kennen wir einen Haufen Leute, die schon einmal mitgemacht haben“, mischte Karla sich ein. „Und keinem von ihnen ist etwas Schlimmes passiert."

„Na gut", dachte ich. „Dann haltet mich eben für einen Feigling! Aber je mchr ich herausbekomme, desto sicherer bin ich, dass es Pete tatsächlich gibt."

Am Park Drive trennten wir uns, denn Karla, Kris und Sara stiegen in den Bus nach North Hills.

Ich stand an der Straßenecke und wartete auf meinen Bus. Aber er kam nicht. Nach ungefähr zehn Minuten beschloss ich, zu Fuß nach Hause zu gehen, denn es war ein warmer Abend und noch ziemlich hell. Doch als ich erst einmal unterwegs war, stellte ich fest, dass es schnell dunkler wurde.

Ich beschleunigte meine Schritte.

Zum Glück war ich schon fast zu Hause. Als ich in die Fear Street einbog, fiel mein Blick als Erstes auf den Friedhof. In diesem Moment wünschte ich mir wirklich von ganzem Herzen, es wäre noch hell. Tagsüber am Friedhof vorbeizugehen war völlig okay, aber nachts fühlte ich mich hier ziemlich unbehaglich.

Mit gesenktem Kopf eilte ich am Friedhof vorbei und versuchte, nicht an die Stimmen zu denken, die ich hier gehört hatte. Auf keinen Fall wollte ich hochschauen!

Doch auf einmal sah ich aus dem Augenwinkel, wie sich neben einem der Gräber etwas bewegte. Ich konnte es mir einfach nicht verkneifen, genauer hinzusehen.

Etwas Weißes blitzte in der Dunkelheit auf. Ich ging ein bisschen näher heran und hörte nun das Geräusch einer Schaufel, die in die Erde gestoßen wurde. Jemand grub.

Ein Junge kauerte neben einem der Gräber. Sein Kopf war dicht über den Boden gebeugt.

Ich versteckte mich hinter einem Baum, um ihn zu beobachten.

Es war Lucas!

Er zog etwas aus der Erde und hielt es sich dann ganz dicht vors Gesicht – etwas Kleines, Dunkelrotes, Glitschiges. Ich konnte sehen, dass es sich bewegte. Es wand und drehte sich in Lucas' Hand.

Ein Regenwurm.

„Ja!", rief Lucas triumphierend.

Und als ich sah, was er dann tat, wusste ich, dass ich die ganze Zeit über Recht gehabt hatte.

Denn Lucas führte den fetten roten Wurm in aller Ruhe zum Mund.

KAPITEL 11

GERADE NOCH rechtzeitig presste ich mir die Hand auf die Lippen, um nicht laut aufzuschreien. Aber ich konnte nicht verhindern, dass mir trotzdem ein leises Quieken entfuhr.

Lucas' Kopf schnellte in meine Richtung.

Er starrte angestrengt in die Dunkelheit. Vor Schreck hielt ich die Luft an.

Doch nach einer Weile wandte er sich ab und begann, wieder in der Erde zu wühlen.

So leise ich konnte, schlich ich über die Straße. Dann rannte ich los und hielt mich dabei die ganze Zeit über im Schatten. Vorsichtshalber blickte ich mich nicht ein einziges Mal um, bis ich endlich im Haus war.

Ich schloss die Haustür und verriegelte sie. Für heute war ich in Sicherheit!

„Pete übernimmt immer nachts die Kontrolle über die Körper der Kinder", überlegte ich. Also hatte er wohl den armen Lucas gezwungen, zum Friedhof zu gehen. Mich schauderte. Der zehnte Juni stand schon fast vor der Tür. Was sollte ich bloß tun, wenn Pete es tatsächlich auf mich abgesehen hatte? Dann würde *ich* mich nachts auf dem Friedhof herumtreiben und eklige Würmer essen!

„Randy, bist du das?“, ertönte die Stimme meiner Mutter aus dem Wohnzimmer. Ich atmete tief durch und ging hinein. Mom, Dad und Baby saßen einträchtig vor dem Fernseher.

„Wie war der Film?“, fragte Dad. „Hast du vielleicht Hunger? Wir haben dir etwas Brathähnchen aufgehoben, wenn du möchtest.“

„Es steht im Ofen“, fügte Mom hinzu.

„Ich hab im Einkaufszentrum schon eine Pizza gegessen“, schwindelte ich. Nachdem ich eben Lucas beobachtet hatte, war mir der Appetit gründlich vergangen.

„Du bist ein bisschen spät dran, mein Schatz“, bemerkte Mom vorwurfsvoll. „Musstest du so lange auf den Bus warten?“

„Er ist nicht gekommen“, gestand ich. „Deswegen bin ich zu Fuß nach Hause gegangen.“

Mom und Dad wandten sich wie auf Kommando vom Fernseher ab und durchbohrten mich mit ihren Röntgenblicken.

Dads Stimme klang sehr ernst, als er sagte: „Du hättest uns anrufen sollen, Randy. Wir hätten dich doch gerne abgeholt.“

„Ich weiß. Aber ich habe nicht damit gerechnet, dass es so schnell dunkel wird."

Dad schaute mich stirnrunzelnd an. „Der Gedanke, dass du nachts alleine draußen herumläufst, gefällt mir überhaupt nicht."

„Eigentlich wollte ich das doch auch gar nicht", sagte ich kleinlaut.

„Na gut", brummte Dad besänftigt. „Aber du verschwindest jetzt trotzdem besser nach oben und denkst noch mal darüber nach."

Ich stieg die Treppe hinauf und ging in mein Zimmer. Nachdem ich mir ein leichtes Nachthemd angezogen hatte, kuschelte ich mich ins Bett, um noch ein bisschen zu lesen. Ich wollte nicht mehr an Pete denken. Eine warme Brise wehte durch das Fenster herein und ließ die Vorhänge leicht flattern.

Ich muss wohl irgendwann eingenickt sein. Jedenfalls schreckte ich plötzlich aus dem Schlaf hoch. Ich warf einen Blick auf meinen Wecker. Ein Uhr morgens. Die Häuser auf der gegenüberliegenden Straßenseite lagen im Dunkeln. Draußen war alles ruhig.

Mit Ausnahme eines schwachen Geräuschs.

Es waren Stimmen. Stimmen, die langsam näher kamen.

„Ich hab dich erwischt. Jetzt musst du suchen!"
„Er kommt! Er kommt! Lauft weg!"
„Versteckt euch, ich komme!"
Zitternd setzte ich mich auf.
Die Stimmen kamen aus dem Wald.
„Eins, zwei, drei, vier, Eckstein! Alles muss versteckt sein!"
Ich beugte mich zum Fenster hinüber und starrte nach draußen. Zuerst konnte ich nichts entdecken, und auch die Stimmen waren plötzlich nicht mehr zu hören.
Aber dann bewegte sich etwas im Licht einer Straßenlaterne.
Ein Junge. Seine Gestalt löste sich aus den Schatten und flitzte blitzschnell davon.
Ich konnte nicht besonders viel erkennen, aber es sah so aus, als wäre er aus dem Wald gekommen. Jetzt rannte er die Straße hinunter auf Lucas' Haus zu.
„Das muss Lucas gewesen sein", schoss es mir durch den Kopf. „Oder Pete." Ich wusste nicht, wie ich ihn eigentlich nennen sollte.
Aber ich war zu Tode erschrocken. „Er hat mich ausgesucht", dachte ich. Mir wurde eiskalt. „Er ist hinter mir her!"
Ich würde Petes nächstes Opfer sein.

KAPITEL 12

SEID BRAV, ihr beiden“, sagte Dad und gab Baby und mir einen Kuss auf die Stirn.

„Wir kommen auch nicht so spät wieder“, versprach Mom. „Und wenn irgendetwas ist, ruft ihr uns bei den Lewis an.“ Unsere Eltern waren nämlich bei Saras Eltern zum Abendessen eingeladen.

Baby und ich waren also heute Abend alleine zu Hause.

Natürlich hatte ich früher schon auf Baby aufgepasst. Aber noch nicht, seitdem wir in der Fear Street wohnten. Jedenfalls nicht bis heute.

Als Mom und Dad gegangen waren, stieg ich widerstrebend die Treppe zu Babys Zimmer hinauf. „Hoffentlich bekommt sie nicht einen ihrer berüchtigten Wutanfälle“, betete ich im Stillen. „Vielleicht benimmt sie sich heute Abend ja mal anständig.“

Für mich ist es die reinste Horrorvorstellung, mit Baby alleine zu sein, wenn sie wirklich ausrastet. Denn dann können nicht einmal Mom und Dad sie bändigen. Sie wirft mit Sachen um sich und heult wie eine Feuerwehrsirene.

„Baby?", rief ich. „Wie geht es dir?"

Ich wartete auf eine Antwort, aber es war weder Weinen noch Jammern zu hören.

Ich warf einen Blick in ihr Zimmer. Aber dort war sie nicht.

„Baby! Wo bist du?"

Nervös betrat ich den Raum und begann, nach ihr zu suchen.

Wo konnte sie bloß sein?

„Baby!", rief ich noch einmal.

„Vielleicht ist sie ja in Moms und Dads Schlafzimmer", überlegte ich. Ich wandte mich zur Tür, um dort nachzusehen.

„Buuuh!" Die Schranktür flog auf, und Baby stürzte sich mit Gebrüll auf mich. Vor Schreck kreischte ich laut los. Baby hopste lachend auf und ab.

„Ich hab dich erschreckt! Ich hab dich erschreckt! Ich hab dich erschreckt!", rief sie triumphierend.

Na ja, wenigstens hatte sie keinen Wutanfall.

„Hahaha, Baby", lachte ich gekünstelt. „Du hast mir enorme Angst eingejagt. Wirklich irrsinnig komisch."

„Ich hab Randy erschreckt! Ich hab Randy erschreckt!"

„Na, komm“, seufzte ich und nahm ihre kleine Hand. „Lass uns erst mal was essen!“

Nach dem Abendessen, das aus Mikrowellenpizza und Eiskrem bestand, sahen Baby und ich fern. Als ich sie um halb neun ins Bett brachte – wenn ich babysitte, lasse ich sie nämlich immer ein bisschen länger aufbleiben –, schlief sie sofort ein.

Dann ließ ich mich erleichtert auf die Couch im Wohnzimmer plumpsen. „Puh, das lief ja gar nicht so schlecht“, dachte ich. „Von jetzt an ist das Ganze das reinste Kinderspiel.“

Im Fernsehen gab es nichts, was mich interessiert hätte. Also machte ich den Apparat aus und rollte mich auf der Couch zusammen, um eine Zeitschrift zu lesen.

So verging ungefähr eine Stunde. Inzwischen war es fast zehn Uhr. Ich stand auf und ging zum Fenster. Auf der Straße war alles dunkel und still.

Angestrengt starrte ich hinüber zum Friedhof und lauschte.

Ob Lucas wohl heute wieder dort war? Trieb er sich irgendwo da draußen herum und grub nach seinem ekelhaften Essen?

Ich rüttelte an der Haustür, um sicherzugehen, dass sie abgeschlossen war.

Dann ging ich ins Wohnzimmer zurück. Mit einem Mal spürte ich ein merkwürdiges Gefühl der Anspannung. Das Haus war einfach zu ruhig. Irgendetwas stimmte nicht.

Plötzlich kam es mir so vor, als hätte ich ein Geräusch gehört. Es schien aus dem Flur zu kommen. Ich erstarrte und lauschte angestrengt. Hinter mir fiel klappernd etwas zu Boden. Erschrocken wirbelte ich herum.

Baby!

Sie starrte schuldbewusst auf den Plastikteller, den sie fallen gelassen hatte. Über den ganzen Boden waren Kekse verstreut.

„Ich kann nicht schlafen“, jammerte sie.

„Du gehst jetzt sofort wieder ins Bett“, befahl ich. „Mom und Dad können jeden Augenblick nach Hause kommen, und wenn du dann noch auf bist, bekomme ich Riesenärger.“

„Aber ich hab so dollen Hunger“, rief sie. Ein kleiner Schluchzer stieg aus ihrer Kehle auf.

„Oh, nein“, dachte ich. „Das darf nicht wahr sein. Gleich geht’s los!“

Als ich aufstand, zertrat ich aus Versehen eines der Plätzchen. Ich hatte das Gefühl, dass ich selbst nicht mehr weit von einem Wutanfall entfernt war.

„Komm schon, Baby“, knurrte ich gereizt. „Du hilfst mir jetzt, diesen Kram hier aufzuheben, und dann gehst du schön brav zurück ins Bett.“

„Du hast schon wieder Baby gesagt!“, heulte sie los. „Ich hab’s dir doch schon tausendmal erklärt. Ich will, dass du mich *Barbara* nennst!“

Sie warf ihren Kopf zurück und begann aus voller Kehle zu brüllen.

„WWWAAAAAAAAAAAAAAA!“

„Pscht! Pscht, Baby! Ist ja gut!“

„WWWAAAAAAAAAAAAAAA!“

Ich schüttelte sie. Ich streichelte sie. Ich schnitt Grimassen. Aber nichts half. Baby schrie sich weiterhin die Seele aus dem Leib. Die Nachbarn dachten wahrscheinlich, ich würde gerade meine kleine Schwester umbringen.

Doch dann veränderte sich plötzlich etwas. Babys Stimme klang auf einmal anders. Jetzt heulte sie nicht mehr vor Wut, sondern vor Angst.

Sie klammerte sich an mich und zeigte aufgeregt zum Fenster.

„AAAAAAAAAAAAA!“

Ich drehte mich um und schaute hin.

Und dann begann *ich* zu schreien.

KAPITEL 13

DURCH DAS Fenster starrte mich das Gesicht von Lucas an. Dann verschwand es plötzlich, und kurz darauf rüttelte jemand an der Haustür.

Er versuchte, ins Haus zu kommen!

Ich raste zur Tür und lehnte mich mit meinem ganzen Gewicht dagegen.

„Die Haustür ist abgeschlossen!“, schoss es mir plötzlich durch den Kopf. „Er kann gar nicht herein.“

Genau in diesem Augenblick begann sich der Türknauf langsam zu drehen.

„Nein!“, rief ich entsetzt. „Baby! Komm und hilf mir!“

Meine Schwester lehnte sich mit mir zusammen gegen den Türrahmen. Ihr Gesicht war tränenverschmiert.

Die Tür öffnete sich ein kleines Stück. Ich drückte verzweifelt dagegen.

„Nein!“, kreischte ich. „Hau ab!“

Von der anderen Seite versetzte jemand der Tür einen heftigen Stoß. Sie flog auf, und Baby und ich wurden zur Seite geschubst. Ich schlang meine Arme um Baby und kniff die Augen fest zusammen.

Aber es war gar nicht Lucas.

„Randy! Was zum Teufel ist mit dir los?"

Ich öffnete die Augen.

Vor mir standen Mom und Dad.

„Alles in Ordnung?", fragte Dad besorgt.

„Was ist hier eigentlich los?", rief Mom. „Hat jemand versucht, bei uns einzubrechen?"

Ich merkte, wie meine Wangen anfingen zu brennen und wie ich über und über rot wurde.

„Lucas!", platzte ich heraus. „Ich habe sein Gesicht da drüben am Fenster gesehen! Er ist hinter mir her!"

Dad runzelte die Stirn. „Wer ist Lucas?"

„Er ist Pete!", antwortete ich.

Mom und Dad tauschten verständnislose Blicke.

„Ist Lucas nicht ein Junge aus deiner Klasse?", erkundigte sich Mom.

Ich nickte. Langsam wurde mir klar, wie verrückt sich meine Geschichte anhörte.

„Warum schaut dieser Junge denn bei uns ins Fenster?", meinte Dad skeptisch. „Vielleicht ist es besser, ich rufe die Polizei."

„Nein ... ist schon okay, Dad", sagte ich hastig.

„Ich ... ich hab mir das Ganze wahrscheinlich nur eingebildet."

„Aber ich hab ihn auch gesehen!", rief Baby dazwischen. „Ich hab einen Jungen gesehen!"

„Hast du nicht, Baby", widersprach ich ihr mit strenger Stimme. Ich wandte mich wieder an Mom und Dad. „Am besten hört ihr gar nicht auf sie", versuchte ich, Mom und Dad abzulenken.

Dad zuckte mit den Achseln. „Na gut. Aber wenn wieder mal so etwas passiert, dann sag uns bitte Bescheid!"

„Mach ich. Versprochen!"

„Und ich habe ihn *doch* gesehen!", schrie Baby empört. „Ich hab mir das nicht ausgedacht!"

„Geh zurück ins Bett, Baby!", sagte Mom mit einer Stimme, die keinen Widerspruch duldete. „Wir gehen jetzt nämlich alle schlafen."

„Also, ich leg mich jetzt jedenfalls hin", verabschiedete ich mich und überließ es Mom und Dad, Baby zu bändigen.

„Das war's dann wohl", dachte ich, als ich die Treppen hochschlurfte. Nun hatte ich alle Beweise, die ich brauchte. Lucas war Pete!

Und er würde alles tun, um mich zu kriegen.

Sogar in unser Haus einbrechen.

Ich war verloren!

KAPITEL 14

KRACH! SCHEPPER!

Das Glas rutschte mir aus der Hand und landete klirrend auf dem Küchenfußboden. Orangensaft spritzte über die Fliesen und auf die Einbauschränke.

„Mist!“, murmelte ich. Ich schnappte mir ein paar Haushaltstücher und wischte die Bescherung auf.

„Sei vorsichtig mit den Scherben, Randy.“ Mom sah mir stirnrunzelnd zu. „Fühlst du dich auch wohl, mein Schatz?“

„Na klar. Es ist alles in Ordnung.“ Vorsichtshalber versuchte ich, mein Gesicht vor ihr zu verbergen, damit sie nicht merkte, wie nervös ich war.

Heute war Samstag, der zehnte Juni.

Ich war schon am Morgen mit einem kleinen harten Knoten in der Magengrube aufgewacht, der im Laufe des Tages immer größer wurde. Ich versuchte zu lesen. Ich versuchte, mit Baby Zeichentrickfilme zu gucken. Aber ich konnte einfach nicht still sitzen! Ich lief unruhig durch das Haus wie ein wildes Tier im Käfig.

„Randy, du machst mich ganz fahrig“, sagte Mom am Nachmittag. „Warum läufst du nicht schnell für mich zum Supermarkt? Ich brauche ein Pfund Hackfleisch.“

Zum Supermarkt laufen? Sie wollte doch wohl nicht allen Ernstes, dass ich einen Fuß vor die Tür setzte?

„Ich kann leider nicht, Mom.“

„Warum nicht? Es ist ein wunderschöner Tag. Ein bisschen frische Luft würde dir bestimmt gut tun.“

„Irgendwie ist mir nicht danach ...“

Mom drückte mir energisch ein paar Münzen in die Hand und schob mich zielstrebig aus der Tür. „Du gehst jetzt!“, befahl sie. „Ein Pfund mageres Hack. Danke.“

Für einen Samstagnachmittag war es auf den Straßen ungewöhnlich ruhig. Normalerweise waren in der Nachbarschaft immer jede Menge Kinder zu sehen, die draußen spielten oder auf ihren Fahrrädern herumflitzten.

Aber heute nicht. Es war auch nicht viel Verkehr. Ich entdeckte nur einen Mann, der seinen Rasen mähte.

Irgendwie wurde ich das Gefühl nicht los, dass alle Leute sich in ihren Häusern verkrochen hatten – besonders die Kinder. In meiner Fantasie sah ich sie nervös zu Hause sitzen und ihre Kräfte sammeln.

Denn die brauchten sie für das Versteckspiel heute Abend. Schließlich wollte niemand von Pete gefangen werden.

Keiner von ihnen wollte, dass es ihn erwischte.

Sara rief an, als wir gerade beim Abendessen saßen.

Sie flüsterte fast in den Hörer. „Vergiss nicht – das Spiel beginnt gleich nach Einbruch der Dunkelheit."

„Wie könnte ich das wohl vergessen? Ich habe doch schon seit Wochen an nichts anderes mehr gedacht."

„Hör mal zu, Randy", fuhr Sara fort. „Angenommen, an deiner verrückten Idee ist doch etwas dran. Angenommen, Lucas ist wirklich Pete. Dann musst du ihm doch bloß aus dem Weg gehen. Er wird es nicht schaffen, dich zu fangen, jetzt, wo du Bescheid weißt ..."

„Sie hat Recht", dachte ich. „Wenn ich mich von ihm fern halte, kann mir gar nichts passieren."

„Wir sehen uns dann nachher", beendete ich das Gespräch.

„Prima." Sara klang richtig erleichtert. „Bis heute Abend dann."

Ich kehrte zum Tisch zurück. Baby schaufelte gierig ihre Portion Hackbraten in sich hinein. Zwar war ich nicht besonders hungrig, aber ich versuchte, wenigstens ein paar Bissen Kartoffeln hinunterzuwürgen. Schließlich brauchte ich all meine Kraft für später.

Beim Essen spürte ich, dass Mom mich besorgt aus dem Augenwinkel musterte. Dad mampfte unbekümmert vor sich hin.

„Heute ist ja nun endlich der große Tag, nicht wahr?", sagte er zu mir. „Freust du dich schon darauf, Randy?"

Ich hielt den Blick fest auf meinen Teller gerichtet. „Mhmmm."

„So ein richtig zünftiges Versteckspiel. Klingt, als würde es eine Menge Spaß machen. Damit nimmst du an einer alten Shadysider Tradition teil."

„Ja."

„Nach dem heutigen Abend wirst du dich hier in der Stadt erst richtig zu Hause fühlen", fuhr er fort. „Dann gehörst du wirklich zu den anderen Kindern. Dieses Spiel ist bestimmt eine Art Aufnahmezeremonie."

Offensichtlich hatte Dad keine Ahnung, wovon er sprach. Ich schob meinen Stuhl vom Tisch zurück. „Darf ich schon aufstehen?“

„Du hast dein Essen ja kaum angerührt“, bemerkte Mom.

Schnell spießte ich einen Bissen Hackbraten auf meine Gabel und schob ihn mir in den Mund, um ihr einen Gefallen zu tun.

„Ich bin satt“, nuschelte ich dann. „Ich geh nach oben und leg mich ein bisschen hin.“

Als ich die Küche verließ, hörte ich, wie Dad zu Mom sagte: „Es ist sicher nichts Ernstes, Schatz. Wahrscheinlich ist sie nur nervös, weil sie noch nicht so viele andere Kindern kennt. Du darfst nicht vergessen, dass sie ganz neu an der Schule ist.“

„Das stimmt“, dachte ich, als ich mit langsamen Schritten die Treppe hinaufging.

„Ich bin *die Neue*.

Und Pete liebt neue Kinder.“

Nach Einbruch der Dunkelheit versammelten wir uns alle am Waldrand. In diesem Teil der Fear Street gab es keine Straßenbeleuchtung. Wolken jagten über den Himmel und bedeckten von Zeit zu Zeit den bleichen Halbmond. Einige Kinder hatten Taschenlampen dabei, die aus der Entfernung wie riesige, leuchtende Augen aussahen.

Mein Herz klopfte wie rasend. Ich schob mich durch die Menge und hoffte, Sara, Karla oder Kris zu finden. Aufmerksam musterte ich die Gesichter um mich herum. Die meisten Kinder erwiderten meinen Blick nicht. Ich hatte das Gefühl, dass die anderen genauso nervös waren wie ich, denn niemand schien besonders gesprächig zu sein.

Dann entdeckte ich jemanden, den ich kannte.

Lucas! Er kam genau auf mich zu.

„Bleib, wo du bist!“, schrie eine Stimme in meinem Inneren. *„Komm mir bloß nicht zu nahe!“*

Ich wich ihm aus und versuchte, mich in der Menge unsichtbar zu machen.

Noch hatte ich keine Ahnung, wo ich mich nachher verstecken sollte. Aber das machte nichts. Hauptsache, es gelang mir, Lucas aus dem Weg zu gehen.

Mr Sirk, der Sportlehrer der Jungen, stand ein Stück abseits und beobachtete uns mit einem seltsam ernsten Gesichtsausdruck. Ich fragte mich, warum er wohl hier war.

Nach und nach tauchten immer mehr Kinder auf. Angespannte Erwartung lag in der Luft. Alle blickten immer wieder zu Mr Sirk, als ob sie auf irgendein Signal von ihm warteten.

Endlich winkte er mit seiner Taschenlampe. Aufgeregt scharten wir uns um ihn.

Mr Sirk sprach mit einer tiefen, feierlichen Stimme, die ich vorher noch nie bei ihm gehört hatte.

„Willkommen, Kinder. Wie ihr wisst, ist heute der zehnte Juni – Petes Geburtstag. Ihr seid hier, um an einem alten Shadysider Ritual teilzunehmen: dem großen Versteckspiel. Mehrere Generationen von Kindern dieser Stadt haben es schon gespielt. Das heißt, ihr tretet heute in die Fußstapfen eurer Eltern und Großeltern. Nach dieser Nacht wird keiner von euch mehr derselbe sein."

Wir lauschten atemlos seinen Worten und waren viel ruhiger und aufmerksamer als sonst, im Unterricht.

„Für die meisten von euch ist es nur ein aufregendes Abenteuer", fuhr Mr Sirk fort. „Aber für einen unter euch steht viel auf dem Spiel. Ich denke, ihr wisst alle, was ich meine."

Der Knoten in meinem Bauch zog sich schmerzhaft zusammen. „Nicht ich", dachte ich flehentlich. „Bitte, lass es nicht mich treffen!"

„Die Regeln sind einfach“, erklärte Mr Sirk. „Taschenlampen sind nicht erlaubt. Ihr müsst sie hier zurücklassen. Auf mein Zeichen lauft ihr in den Wald und versteckt euch.“

Wie auf ein geheimes Kommando richteten sich alle Augen auf den Wald. Er ragte dunkel, geheimnisvoll und still vor uns auf – bereit, uns zu verschlingen.

Mr Sirk klopfte gegen einen riesigen, uralten, knorrigen Baum. „Das hier ist das Anschlagmal. Wenn ihr es berührt, nachdem ihr wieder aus dem Wald gekommen seid, seid ihr in Sicherheit. Aber ihr müsst euch mindestens eine halbe Stunde lang verstecken.“

Er machte eine Pause. Niemand bewegte sich. Wir warteten ungeduldig, dass er weitersprach. Ich spürte, wie mein Herz hämmerte.

Endlich fuhr Mr Sirk fort: „Ich denke, ihr alle wisst, wer euch suchen wird.“

Keiner sagte etwas, denn wir wussten alle Bescheid.

Es war Petes Geburtstag. Und Pete war der Fänger.

Mr Sirk räusperte sich. „Ich wünsche euch allen viel Glück. Und seid bitte vorsichtig!“

Irgendjemand riss ein Streichholz an. In seinem

hellen Schein entdeckte ich plötzlich Saras Gesicht. Sie zündete gerade zwölf Kerzen an, die auf einer großen Geburtstagstorte steckten.

Zwei Mädchen, die ich nicht kannte, halfen ihr, den Kuchen hochzuheben. Das Licht der Kerzen warf unheimliche Schatten auf ihre Gesichter.

Auf die Torte hatte jemand mit roter Zuckerglasur geschrieben: *Herzlichen Glückwunsch zum Geburtstag, Pete.*

Nun begannen alle zu singen. „Happy birthday to you ..."

Nie hätte ich geglaubt, dass dieses fröhliche Lied so dumpf und ernst klingen könnte. Aber ich war ja bis jetzt auch noch nie auf einer Geburtstagsfeier für einen Geist gewesen. Ich gab mir einen Ruck und stimmte mit ein.

Als das Lied geendet hatte, standen alle reglos wie Statuen da und warteten mit angehaltenem Atem.

„Worauf warten wir?", fragte ich mich. „Wer gibt das Startsignal?"

Plötzlich erloschen die Kerzen, obwohl niemand sie ausgeblasen hatte.

Im Wald war es jetzt stockdunkel.

Das Spiel hatte begonnen.

KAPITEL 15

ALLE RANNTEN los.

Sara und die beiden anderen Mädchen ließen den Kuchen einfach fallen. *Platsch!* Er glitt in den Dreck, und die Kinder trampelten über ihn hinweg, als sie in den Wald stürmten.

Nachdem ich ein paar Meter in den Wald gerannt war, blieb ich erst mal stehen. In welche Richtung sollte ich denn nun laufen?

Ich hörte Schritte hinter mir und drehte mich um.

Ein Junge stürmte genau auf mich zu.

Lucas!

Nein. Es war jemand, den ich nicht kannte. Er lief dicht an mir vorbei und verschwand hinter einem Baum.

Von Lucas war nichts zu sehen. Ich war also erst einmal in Sicherheit.

Schnell flitzte ich einen schmalen Pfad entlang, der tiefer in den Wald führte. Überall rannten Kinder durch die Gegend, und rings um mich herum waren Schreie, Gelächter und erschrockenes Quietschen zu hören. Offenbar hatte bis jetzt noch niemand ein Versteck gefunden. Ich musste mich also ein Stück von den anderen entfernen und noch weiter in den Wald hineinlaufen.

Während ich rannte, versuchte ich, die Dunkelheit mit meinen Blicken zu durchdringen. Unter meinen Füßen knirschten Zweige und Blätter. Die Gedanken rasten in meinem Kopf.

„Still!“, schalt ich mich. „Du musst leise sein!“

Wo sollte ich mich bloß verstecken?

Der Wald kam mir so riesig vor, dass ich mich ganz verloren fühlte.

Die anderen Kinder schienen mit einem Mal verschwunden zu sein. In diesem Moment hätte ich zu gerne ein bekanntes Gesicht gesehen. Sara, Kris oder irgendjemand anders. Nur nicht Lucas.

Ich lief noch tiefer in den Wald hinein. „Jetzt bin ich ganz allein“, schoss es mir durch den Kopf.

Aber das war ein Irrtum.

Knirsch. Knirsch. Knirsch.

Ich versuchte, genauer hinzuhorchen. Aber mein Herzschlag hämmerte so laut in meinen Ohren, dass ich stehen bleiben musste.

Jetzt hörte ich das Krachen von Zweigen. Und Schritte hinter mir.

Ich warf einen Blick zurück. Wer war das? Ich konnte niemanden entdecken.

Aber ich konnte ganz deutlich jemanden hören.

Knirsch. Knirsch. Knirsch.

Die Schritte kamen näher.

„Vielleicht ist es Sara“, dachte ich hoffnungsvoll. „Oder eine andere Freundin.“ Aber je lauter die Geräusche wurden, desto mehr fürchtete ich mich.

Ich atmete tief durch. Mir wurde klar, dass es viel zu gefährlich war, hier stehen zu bleiben und zu warten. Ich musste so schnell wie möglich verschwinden!

Wieder begann ich zu rennen. Schneller, immer schneller.

Knirsch. Knirsch. Knirsch.

Die Schritte kamen näher. Und näher.

Ich verließ den Pfad und brach durch dichtes Gebüsch. Niedrige Zweige streiften mich. Hoffentlich würde mir der Unbekannte nicht folgen!

Knirsch. Knirsch. Knirsch.

Mein Verfolger holte auf.

Jetzt gab es keinen Zweifel mehr: Er war hinter mir her!

KAPITEL 16

ICH WIRBELTE herum.

Lucas?

Nein. Die Schritte waren verstummt. Hinter mir war niemand.

„Vergiss es“, sagte ich zu mir. „Lauf einfach weiter!“

Ich stürmte blindlings durch den Wald und wich den Bäumen aus, die mir im Weg standen. Äste schlugen mir schmerzhaft ins Gesicht. Nach einer Weile kam ich zu einem anderen Waldweg. Nach Atem ringend blieb ich stehen.

Knirsch. Knirsch. Knirsch.

Da waren sie wieder! Die Schritte!

Rasch wirbelte ich herum.

Sofort wurde es still. Ich strengte meine Augen an und starrte angespannt in die pechschwarze Dunkelheit.

Niemand war zu sehen.

Keuchend stolperte ich über Steine und Wurzeln. Mir wurde klar, dass ich nicht mehr lange durchhalten würde.

Aber die Schritte kamen näher und näher. Sie würden mich bald eingeholt haben.

Es blieb mir wohl nichts anderes übrig, als mich zu verstecken. Aber wo?

Ich griff nach einem Ast des nächstbesten Baumes und zog mich nach oben. Die raue Rinde zerkratzte meine Hände, während ich so hoch kletterte, wie ich konnte. Dann kauerte ich mich in eine Astgabel und versuchte, wieder zu Atem zu kommen.

„Ich hätte mir einen höheren Baum aussuchen sollen“, stellte ich erschrocken fest, als ich nach unten blickte. „Vielleicht könnte ich Lucas dann kommen sehen!“

Doch jetzt verdeckten mir Unmengen von Blättern die Sicht.

Wenigstens würden sie mich ganz gut verbergen. Pete konnte mich nicht finden. Hier oben würde er mich niemals entdecken.

Ich saß einige Minuten absolut reglos da. Im Wald war nicht das kleinste Geräusch zu hören. Unruhig fragte ich mich, was wohl aus meinem Verfolger geworden war.

Und wie viel Zeit war inzwischen vergangen? Zehn Minuten? Fünfzehn?

Woher sollte ich wissen, wann die halbe Stunde vorbei war? In diesem Moment wünschte ich mir sehnlichst eine Uhr mit Leuchtzifferblatt. Doch dann fiel mir ein, dass Pete die bestimmt entdecken könnte.

Ängstlich klammerte ich mich an einen dicken Ast und wartete.

Plötzlich begann der Baum zu schwanken.

Ich erstarrte vor Schreck.

„Bleib ganz ruhig!“, redete ich mir gut zu. „Das ist der Wind. Es kann nur der Wind sein.“ Denn ich hatte keine Schritte gehört oder irgendwelche anderen Geräusche, die verraten hätten, dass sich jemand dem Baum genähert hatte.

Also kam doch nur ein Luftzug in Frage, nicht wahr?

Der Baum schwankte stärker. Zu stark. Und dabei spürte ich nicht die leichteste Brise.

Am besten blieb ich, wo ich war. Hier war ich sicher.

Ich *musste* hier einfach sicher sein!

Aber mit einem Mal wusste ich, dass ich mir etwas vormachte.

Das war nicht der Wind.

Ich fühlte es.

Warmer Atem strich über meinen Nacken.

Jemand saß hinter mir in der Baumkrone.

Ganz in meiner Nähe.

So nah, dass er mich berühren konnte.

KAPITEL 17

ICH HATTE furchtbare Angst, hinzusehen, aber ich musste es tun. Langsam drehte ich meinen Kopf.

Ein Junge! Ein Junge saß neben mir in der Dunkelheit. Aber es war nicht Lucas.

Es war David.

Ich atmete auf. Was für eine Erleichterung, David zu sehen!

„Hallo“, flüsterte er. Als er sein Gewicht verlagerte, begann der Ast, auf dem er saß, bedrohlich zu schwanken.

„Pscht!“, zischte ich leise. „Pass doch auf!“

Trotzdem war ich froh, dass er da war. Jetzt, wo ich Gesellschaft hatte, fühlte ich mich besser.

„Du brauchst dir keine Sorgen zu machen, Randy“, versicherte mir David. „Solange du mit mir zusammen bist, wird Pete dich nicht kriegen.“

Ich lächelte ihm zu.

„David ist ein netter Kerl“, dachte ich. „Ein Glück, dass ich auf ihn gestoßen bin.“

Schließlich hatten wir gemeinsam Lucas nachspioniert, und er wusste, wie unheimlich es im Wald war.

„Ich bin froh, dass du hier bist, David", wisperte ich. „Jetzt sind wir so gut wie in Sicherheit."

Wir saßen eine ganze Zeit lang schweigend da.

„Eigentlich müsste die halbe Stunde doch langsam um sein", murmelte ich schließlich. „Dann könnten wir zusammen zum Anschlagmal laufen."

„Es ist bald so weit", antwortete David, „aber jetzt noch nicht."

Im Wald herrschte absolute Stille. Ich fühlte mich so entspannt wie schon lange nicht mehr. Der Albtraum war fast vorbei.

Doch dann bemerkte ich einen merkwürdigen Geruch.

Es roch schwach nach Abfall. Ich schnüffelte.

„Riechst du das auch?", fragte ich. „Das ist ja widerlich."

David schüttelte den Kopf. „Ich rieche überhaupt nichts."

„Das ist ja komisch", meinte ich verwundert. Der Gestank wurde mit jeder Sekunde unerträglicher. Mir wurde langsam ein bisschen übel.

„Das ist ja, als würden wir uns in einem Müllauto verstecken", stöhnte ich.

David zuckte nur mit den Achseln.

Und plötzlich begriff ich, dass der Gestank von

David ausging. David roch nicht nur komisch, er roch *furchtbar*.

Zuerst war mir die ganze Sache schrecklich peinlich. „Hätte ich doch bloß nichts gesagt", dachte ich verlegen. „Wahrscheinlich hat er einfach nur vergessen zu baden."

Aber es war kein bloßer Schweißgeruch.

David stank schlimmer als jemand, der noch nie in seinem Leben gebadet hatte.

Schlimmer als fünfzig Müllwagen!

Ich betrachtete ihn jetzt etwas genauer.

Vorne auf seinem weißen T-Shirt war in Brusthöhe ein dunkler Fleck von der Größe eines Markstücks. Zuerst machte ich mir keine großen Gedanken darüber. Doch als ich ihn das nächste Mal ansah, war der Fleck gewachsen.

Ich zeigte auf sein T-Shirt. „Was ist dir denn da passiert?", fragte ich. „Hast du irgendwas verschüttet?"

„In gewisser Weise ja", erwiderte er.

Komische Antwort. Und seine Stimme klang auf einmal auch ganz seltsam. Höher als sonst. Ohne darüber nachzudenken, rückte ich ein Stück von ihm ab.

„Dieses Spiel ist doch blöd", sagte David plötzlich. Seine Stimme veränderte sich immer mehr.

„Pete ist gar kein so ein übler Kerl. Ich weiß nicht, warum immer alle vor ihm davonlaufen."

Er klang nun völlig verändert – überhaupt nicht mehr nach David.

Ich saß wie festgefroren auf dem Baum und starrte ihn an. Der Fleck auf seiner Brust hatte sich inzwischen fast über das ganze T-Shirt ausgebreitet und wurde immer noch größer.

„Warum haben alle solche Angst vor ihm?", fragte der Junge neben mir mit kläglicher Stimme. „Schließlich gibt Pete den Kindern ihre Körper wieder zurück. Und wenn ich sie zurückgebe, sind sie so gut wie neu."

In meinem Kopf schrillten Alarmsirenen.

Ich. Er hatte *ich* gesagt.

Der Junge grinste mich an. Er sah jetzt auch nicht mehr aus wie David. Seine Zähne standen schief und waren ganz schwarz und verfault. Heißer, stinkender Atem wehte mir ins Gesicht.

Aus dem Fleck auf seinem T-Shirt begann es zu tropfen.

Tropf. Tropf. Tropf.

Ein Tropfen fiel auf meine Hand. Ich hob sie dicht vor meine Augen und starrte darauf.

Blut.

David war Pete!

KAPITEL 18

HAB KEINE Angst, Randy“, krächzte Pete. Beim Sprechen fiel ihm ein verfaulter Zahn aus dem Mund. „Du wirst sehen, es tut überhaupt nicht weh. Eigentlich ist es gar nicht so übel, wenn du mir deinen Körper überlässt. Überleg doch mal – du wirst nie mehr einsam sein!“

Keine Sekunde länger konnte ich zuhören! So schnell ich konnte, kletterte ich vom Baum. Die Rinde riss mir die Hände auf.

„Du brauchst nicht wegzulaufen!“, rief Pete mir hinterher. „Ich krieg dich doch. Du kannst mir gar nicht entkommen!“

Ich rannte los und blickte mich kein einziges Mal um. Das brauchte ich auch nicht, denn ich konnte Petes heißen, stinkenden Atem in meinem Nacken spüren. Verzweifelt stolperte ich durch den Wald. Ich hatte keine Zeit, darüber nachzudenken, wohin ich laufen sollte. Ich lief einfach und hoffte, dass ich die richtige Richtung erwischt hatte.

Denn ich musste unbedingt das Anschlagmal erreichen. Dann war ich in Sicherheit.

Petes Stimme erklang nun schon ganz dicht an meinem Ohr.

„Es ist hoffnungslos, Randy“, rief er. Er schien überhaupt nicht außer Atem zu sein. Wahrscheinlich wurden Geister nie müde.

Die Frage war nur, wann *ich* müde wurde.

Wo war denn bloß diese verdammte Eiche?

Plötzlich hörte ich Stimmen. Kinderstimmen.

Ich schlug einen Haken und rannte darauf zu. Langsam lichteten sich die Bäume – und dann sah ich es: das Anschlagmal! Mehrere Kinder standen bei der alten Eiche und schwenkten ihre Taschenlampen.

„Beeil dich!“, feuerten sie mich an. „Du bist schon fast da!“

„Das schaffst du nie!“, kreischte Pete mit wütender Stimme. „Gib endlich auf, Randy!“

Nein, nie würde ich aufgeben. Niemals!

Ich musste es schaffen!

Der knorrige alte Baum war nur noch ein paar Meter entfernt. Schon hatte ich meinen Arm danach ausgestreckt, als mich plötzlich etwas am Fuß erwischte.

Ich stolperte, verlor das Gleichgewicht und fiel flach aufs Gesicht.

Pete hatte mich gefangen.

KAPITEL 19

Entsetzt schrie ich auf.

Jetzt hatte er mich doch noch erwischt! Gleich würde er sich meinen Körper schnappen.

„Hey, Pete!“, erklang plötzlich eine vertraute Stimme. „Was machst du denn da? Du willst doch nicht etwa ein Jahr im Körper eines *Mädchens* verbringen?“

Pete zögerte. Er drehte sich um und starrte mit zusammengekniffenen Augen in den Wald.

Zwischen zwei Bäumen tauchte auf einmal Lucas auf. Er lachte höhnisch. „Ein Mädchen, das Pete heißt. Das ist wirklich ein guter Witz!“

Pete starrte ihn wütend an und knurrte wie ein Tier.

„Komm, fang mich, Pete!“, höhnte Lucas. „Oder sollte ich lieber sagen *Petina*? Aber du bist wohl zu langsam, um einen Jungen zu erwischen!“

Pete stieß einen Wutschrei aus und raste in Lucas’ Richtung.

„Lauf, Lucas!“, rief ich laut. „Du schaffst es!“

In diesem Augenblick flitzte ein Junge in einem grünen T-Shirt direkt an Pete vorbei und stürmte auf das Anschlagmal zu. Pete drehte sich um und stürzte sich auf ihn, aber er verfehlte ihn. Dann wirbelte er herum und rannte in die Richtung, in die Lucas verschwunden war.

Plötzlich fiel mir siedend heiß ein, dass ich immer noch nicht abgeschlagen hatte, und ich preschte auf die Eiche zu. Vor lauter Erleichterung umarmte ich den Baum regelrecht.

Ich war in Sicherheit! Endlich in Sicherheit! Pete konnte mir nichts mehr anhaben.

„Wie konnte ich mich nur so irren?“, dachte ich, während ich mich keuchend an den Baum lehnte. Nicht Lucas war Pete – die ganze Zeit war es David gewesen! Und ich hatte ihn auch noch gebeten, mir zu helfen, Lucas nachzuspionieren!

Immer noch rannten Kinder durch den Wald. Ich umklammerte den Baum und lauschte ihren aufgeregten Schreien. Hinter wem war Pete wohl jetzt gerade her?

Plötzlich tauchte Sara auf und raste auf das Anschlagmal zu. Sie schlug ihre Hand mit voller Wucht gegen den Baum.

„Du hast es geschafft!“, jubelte ich erleichtert und umarmte sie. „Wir sind in Sicherheit!“

Sara nickte und schnappte nach Luft.

Nun mussten wir nur noch auf die anderen warten. Zuerst trudelte Megan ein, dann kamen Kris und Karla. Ich hielt nach Lucas Ausschau, konnte ihn aber nirgends entdecken.

„Das ist sicher ein gutes Zeichen“, dachte ich. „Je länger er wegbleibt, desto größer ist die Chance, dass er Pete entkommen ist.“

„Mensch, das hat Spaß gemacht!“, rief Kris. „Es war überhaupt nicht unheimlich!“

„Klar“, zog Karla sie auf. „Natürlich hast du kein bisschen Angst gehabt. Du hast nur jedes Mal geschrien, wenn ich dich berührt habe.“

„Du hättest ja schließlich auch Pete sein können!“, verteidigte sich Kris.

„Pete hätte mich fast erwischt“, platzte ich heraus. „Aber Lucas hat mich gerettet.“

„Lucas?“ Sara klang etwas verwirrt. „Aber du hast doch gesagt, er wäre Pete.“

„Ist er aber nicht“, klärte ich sie auf. „*David* ist Pete.“

„Das kann gar nicht sein“, protestierte Megan.

„Doch! David war hinter mir her, aber Lucas hat mich gerade noch rechtzeitig gerettet!“

„Ich bin sicher, dass David dir nur einen Streich gespielt hat“, beharrte Megan. „Er ist ganz bestimmt nicht Pete!“

„Ist er doch!“ Warum nahm mich bloß niemand ernst?

„Okay, Randy. Wir glauben dir ja." Sara verdrehte die Augen, und die anderen Mädchen kicherten.

„Fragt doch David selbst", schlug ich vor. „Er wird es euch bestätigen."

Wir blickten uns suchend um, doch David war nirgends zu sehen. „Bestimmt rufst du ihn nachher noch an, um deine Geschichte mit ihm abzustimmen", schnaubte Megan.

„Ihr werdet schon sehen", sagte ich. „Montagmorgen kommt David mit grauen Haaren in die Schule. Dann werdet ihr mir schon glauben."

Immer mehr Kinder stürmten aus dem Wald und schlugen an der alten Eiche ab. Dann liefen sie mit ihren Taschenlampen in der Hand herum und lachten und unterhielten sich.

Nach einer Weile blies Mr Sirk in seine Pfeife. „Das Spiel ist vorbei!", verkündete er. „Schluss für dieses Jahr!"

Alle klatschten und jubelten. Jeder von uns war überglücklich. Langsam machten sich die Leute auf den Heimweg.

„Weiß jemand, wo Lucas steckt?", fragte ich.

„Ich hab ihn gesehen, als ich auf dem Weg zum Anschlagmal war", antwortete Kris.

„War er okay?", erkundigte ich mich besorgt.

Kris zuckte mit den Achseln. „Ich fand, er sah ganz normal aus."

„Vielleicht hat er ja angeschlagen, während wir uns unterhalten haben, und ist dann gleich nach Hause gegangen", meinte Sara.

„Gut", dachte ich. „Mit Lucas scheint also alles in Ordnung zu sein. Vielleicht hat Pete dieses Jahr überhaupt niemanden erwischt!"

Ich beschloss, mich unbedingt bei Lucas zu entschuldigen. Und ihm zu danken. Außerdem musste ich ihm erklären, warum ich ihm die ganze Zeit aus dem Weg gegangen war.

Ich verabschiedete mich von Sara, Kris und Karla und ging dann nach Hause. Es war ein furchtbarer Abend gewesen, aber jetzt war er endlich vorbei! Obwohl ich ganz allein in der Dunkelheit unterwegs war, hatte ich keine Angst. Jetzt brauchte ich mich endlich vor gar nichts mehr zu fürchten.

Pete hatte mich nicht gekriegt!

Am Montagmorgen schlenderte ich durch die überfüllten Schulflure und hielt Ausschau nach Lucas. Als ich ihn nirgends entdecken konnte, ging ich schließlich in meine Klasse.

„Ich hoffe, du und David, ihr habt eure Geschichten gut aufeinander abgestimmt“, zog Megan mich auf.

„Er wird bestimmt bestätigen, was ich euch erzählt habe“, gab ich trotzig zurück. „Du wirst schon sehen.“

Aber David tauchte gar nicht auf. Als es klingelte, blieb sein Platz leer.

Wo war er bloß?

Ein Junge flüsterte Megan etwas zu, und sie gab es an mich weiter.

„Irgendjemand hat gehört, dass David ins Krankenhaus musste“, berichtete sie leise. „Glaubst du etwa ...?“

Ich nickte. Armer David.

An diesem Tag gingen Sara und ich nach der Schule am Baseballfeld vorbei. Shadyside spielte gerade gegen die Mannschaft von Hartsdale. Lucas war auch mit dabei. Ich hatte ihn den ganzen Tag über nicht gesehen und konnte es kaum noch erwarten, mit ihm zu sprechen.

Wir setzten uns auf die Tribüne und sahen zu.

„Kris hat gehört, dass es David schon besser gehen soll“, erzählte mir Sara. „Er kann wahrscheinlich morgen schon wieder nach Hause entlassen werden.“

„Was hatte er denn?“, wollte ich wissen.
„Keine Ahnung. Vielleicht einen Virus?“
„Und ich sage dir, es war Pete! Der hat ihn krank gemacht.“
„Ist ja schon gut.“
Lucas hatte gerade den ersten Schlagmann mit drei Strikes außer Gefecht gesetzt. Sara und ich klatschten.
„Was willst du Lucas eigentlich sagen?“, fragte Sara, während wir weiter dem Spiel zusahen.
„Das weiß ich auch noch nicht genau“, gab ich zu. „Ich denke, ich werde ihm erklären, dass das Ganze ein Missverständnis war. Obwohl das im Nachhinein natürlich irgendwie blöd klingt.“
Shadyside schlug Hartsdale fünf zu drei. Ich blieb noch eine Weile sitzen und wartete darauf, dass Lucas das Spielfeld verließ.
Sara versetzte mir einen freundschaftlichen Stoß. „Ich nehme an, du willst dich lieber alleine bei ihm bedanken. Ruf mich doch später an und erzähl mir, wie's gelaufen ist.“
„Mach ich“, versprach ich ihr.
Sara winkte mir zu und sauste davon.
Lucas schlenderte langsam vom Feld.
„Hallo“, sagte ich.
„Hallo“, erwiderte er und lächelte mich an.

„Das war wirklich ein aufregendes Versteckspiel gestern Abend, was?"

„Das kann man wohl sagen", stimmte ich ihm zu.

Wir machten uns zusammen auf den Heimweg.

„Ist mit dir alles in Ordnung?", fragte er besorgt. „Du bist doch nicht etwa verletzt worden, oder?"

„Mir geht's gut", beruhigte ich ihn. „Aber was ist mit dir? Bist du okay?"

„Alles bestens", sagte er und grinste. Er nahm die Baseballkappe ab und schob sich eine Strähne seines lockigen dunklen Haars aus der Stirn.

„Lucas ist ja richtig süß", dachte ich. „Wieso ist mir das eigentlich nicht schon vorher aufgefallen?"

Ich atmete tief durch. Es wurde Zeit, mich zu entschuldigen. „Lucas – du hast so viel für mich getan. Wenn du nicht gewesen wärst, hätte mich Pete garantiert erwischt."

„Das war doch nichts Besonderes." Er setzte seine Kappe wieder auf und zuckte mit den Achseln.

„Für mich schon. Besonders, weil ... na ja ... ich finde, ich war in letzter Zeit nicht sehr nett zu dir."

„Du bist mir irgendwie ausgewichen“, stellte Lucas fest. „Das habe ich natürlich mitgekriegt.“

„Also ... weißt du ... ich kann das erklären“, stotterte ich. „Sieh mal, ich dachte ...“

Ich brach ab und setzte noch einmal neu an: „Es kommt mir im Nachhinein so blöd vor, dass ich mich richtig schäme, es dir zu sagen.“

Wir überquerten die Straße. Lucas schaute mich an und wartete auf meine Erklärung. Sein Gesichtsausdruck war so freundlich, dass ich beschloss, es zu wagen.

„Äh ... ich dachte, du wärst Pete.“

Lucas prustete los. „Du dachtest tatsächlich, *ich* wäre Pete? Wie bist du denn darauf gekommen?“

Dieser Teil der Geschichte war mir auch wieder schrecklich peinlich. Sollte ich zugeben, dass David und ich ihm nachspioniert hatten? Ich entschied mich dagegen und beschloss, Lucas nur einen Teil der Wahrheit zu erzählen. Schließlich hatte ich mich für heute schon mehr als genug blamiert.

„Na ja“, druckste ich herum. „Ich bin neulich abends am Friedhof vorbeigegangen und habe gesehen, wie du nach Würmern gegraben hast, und da habe ich gedacht, das wäre Pete, der nach etwas Essbarem sucht.“

Als Lucas das hörte, kriegte er sich vor Lachen kaum noch ein.

„Übrigens“, fuhr ich fort, „was hast du da eigentlich wirklich gemacht?“

„Nach Würmern gegraben, wie du schon sagtest. Aber nicht, um sie zu essen. Ich benutze sie als Fischköder“, japste er.

„Oh.“ Ich lachte erleichtert auf. „Köder, natürlich! Warum bin ich da nicht selbst drauf gekommen?“

Doch dann fiel mir noch etwas anderes Merkwürdiges ein.

„Ich würde dich gerne noch etwas fragen“, begann ich vorsichtig. „Kann es sein, dass du einmal nachts bei unserem Haus gewesen bist und durchs Fenster geschaut hast? Ich war ganz sicher, dass ich dich gesehen habe ...“

Wieder kicherte er. „Ja, das war ich. Ich kam gerade vom Friedhof, wo ich nach Würmern gegraben hatte, und war auf dem Weg nach Hause. Als ich bei euch vorbeiging, hörte ich plötzlich diese entsetzlichen Schreie ...“

Schreie? Ach ja, natürlich! Babys großer Auftritt!

„Ich dachte, du wärst vielleicht in Schwierigkeiten. Als ich sah, dass Licht brannte, bin ich zum

Fenster gerannt, um nachzuschauen, ob mit dir alles in Ordnung ist."

„Und kurz darauf kamen meine Eltern nach Hause", beendete ich seinen Bericht. „Was hast du denn dann gemacht?"

„Ich kam mir ziemlich dämlich vor, wie ich da so in euer Fenster starrte. Also bin ich weggelaufen."

Lachend bogen wir in die Fear Street ein. Sofort schien sich der Himmel zu verdunkeln. Ich hatte bereits festgestellt, dass das in dieser Straße öfters vorkam.

Von einem Moment zum anderen verging mir das Kichern. Aber Lucas konnte sich gar nicht wieder beruhigen.

Langsam kam mir sein Gelächter etwas merkwürdig vor. Es klang längst nicht mehr fröhlich, eher kratzig und rau. So, als ob er sich erkältet hätte.

Ich warf einen Blick auf Lucas. Sein Gesicht sah seltsam aus – ganz verzerrt. Der Mund war zu einem schiefen Grinsen verzogen. Oder war das etwa ein Ausdruck von Wut?

„Du weißt doch, dass Pete eigentlich dich wollte", krächzte er plötzlich.

Mein Herz begann zu hämmern. „Du brauchst

jetzt keine Angst mehr vor Lucas zu haben“, versuchte ich mir einzureden.

„Aber du bist ihm entkommen.“ Lucas’ Stimme klang wütend. „Das war nicht geplant.“

„Was?“ Ich verstand nicht, was er damit sagen wollte.

Doch dann stieg mir plötzlich ein übler Geruch in die Nase. Derselbe faulige Gestank wie im Wald.

Ich starrte Lucas fassungslos an. Sein Gesicht hatte sich auf entsetzliche Weise verändert. Die Züge waren zu einer gequälten Grimasse verzerrt. Seine Augen traten aus den Höhlen und schielten unheimlich. Die Haut spannte sich straff über seine Wangenknochen.

Lucas öffnete seinen grotesken Mund, um zu sprechen. Sein fauliger Atem wehte mir ins Gesicht.

„Das war nicht fair!“, kreischte er mit Furcht erregender Stimme. „Ich wollte eigentlich dich!“

Und dann griff er nach mir.

„Nein!“, schrie ich entsetzt.

Lucas war Pete!

KAPITEL 20

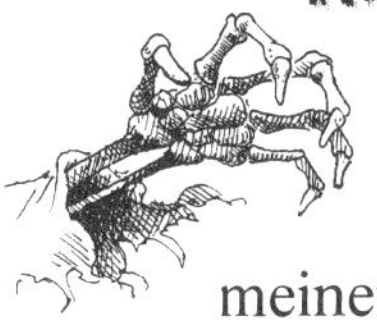

MIT EISERNEM Griff umklammerte er meinen Arm. Seine Fingernägel gruben sich schmerzhaft in meine Haut. Doch ich riss mich mit aller Kraft los und rannte davon.

„Du entkommst mir nicht!“, schrie er. „Diesmal werde ich dich kriegen! Ich will nicht Lucas – ich will *dich*!“

„Niemals!“, dachte ich.

Ich musste so schnell wie möglich nach Hause. Und dabei war es mir völlig egal, ob ich durch die Gärten fremder Leute lief oder durch den Wald oder ...

Der Friedhof. Der Fear-Street-Friedhof!

Ich rannte genau darauf zu.

„Jetzt kann ich sowieso nicht mehr umdrehen“, überlegte ich. „Und außerdem ist das der schnellste Weg nach Hause.“

Ich warf einen Blick über die Schulter. Pete stürmte mit unglaublicher Geschwindigkeit hinter mir her. Wenn ich auch nur eine Sekunde stehen blieb, war ich geliefert!

Ohne zu zögern, raste ich durch das Tor des Friedhofs.

„Bleib ganz ruhig!“, ermahnte ich mich. „Du läufst jetzt einfach zwischen den Gräbern durch, und dann bist du in Sicherheit.“

Petes Schritte kamen näher und näher.

„Gib auf, Randy!“, schrie er. Sein stinkender Atem stieg mir in die Nase. „Pete mag neue Kinder ...“

Ich versuchte, noch schneller zu rennen, und stolperte beinahe über einen Grabstein. Im letzten Moment konnte ich ihm ausweichen. Über den nächsten sprang ich einfach hinweg. Auf meiner wilden Flucht trampelte ich über Gräber und zertrat verwelkte Blumen.

Plötzlich wühlte sich eine Hand aus einem der Gräber – und griff nach meinem Knöchel.

KAPITEL 21

ICH RISS mich los und warf einen kurzen Blick hinter mich.

Keine Geisterhand zu sehen. Nur eine Efeuranke, die quer über den Weg wucherte.

„Lass dir von diesem Friedhof bloß keine Angst einjagen!“, redete ich mir gut zu. „Oder von irgendwelchen Geistern. Die gibt es nämlich überhaupt nicht.“

Abgesehen von Pete. Der war ein Geist. Und von diesem durchsichtigen Mädchen, das direkt vor mir stand.

Moment mal! Was war das? Ein *durchsichtiges* Mädchen?

Jetzt öffnete es den Mund und blies mir seinen eisigen Atem ins Gesicht. „Das Anschlagmal ist in der anderen Richtung!“, kreischte es.

Ich blieb wie angewurzelt stehen.

Ein Geistermädchen!

Gerade wollte ich kehrtmachen und zurückrennen, als mir einfiel, dass in dieser Richtung Pete auf mich wartete.

Ich saß in der Falle!

Und dann hörte ich plötzlich wieder die Kinderstimmen, die David und mich neulich abends im Wald verfolgt hatten.

„Eins, zwei, drei, vier, Eckstein! Alles muss versteckt sein!"

Überall um mich herum quietschte es plötzlich: „Versteckt euch, ich komme!"

Eins nach dem anderen stiegen die Geisterkinder aus ihren Gräbern empor. Blass, weiß, fast durchsichtig. Jungen und Mädchen aller Altersstufen. Lauter Tote. Geister, die ein eiskalter Hauch umwehte. Heulend und stöhnend kreisten sie mich ein. Ihre niedlichen Kindergesichter waren leichenblass und vor Wut verzerrt. Sie trugen alte, zerfetzte Sachen – die Mädchen lange Kleider mit zerrissenen Röcken, die Jungen Kniebundhosen, die schon völlig verrottet waren.

Was hatten die Geisterkinder mit mir vor?

Verzweifelt schaute ich mich auf dem Friedhof um und suchte nach einem Fluchtweg.

Die Geisterkinder rückten weiter vor. Sie kamen näher, immer näher.

Einer der Geisterjungen bemerkte Pete, der an einen Baum gelehnt dastand. „Na, du Versager!", brüllte er zu ihm hinüber. „Du bist wohl zu langsam, um mit uns zu spielen, was? Diese blöden Menschen sind alles, was du erwischen kannst!"

Die anderen Geisterkinder tanzten um mich herum und verspotteten mich. „Du kommst hier nicht mehr weg, du kommst hier nicht mehr weg!“, sangen sie.

„Versuch doch zu fliehen“, flüsterte mir eins der toten Mädchen zu. „Na los, trau dich!“

„Hilfe!“, schrie ich. „Hilfe!“

Aber die Stimmen der Geister wurden lauter und schriller und übertönten meine Schreie.

„Fünf, zehn, fünfzehn, zwanzig ...“

Niemand würde mich hören. Keiner würde mich retten. Und Pete würde sich sofort auf mich stürzen, wenn ich versuchte wegzulaufen.

„Fünfundvierzig, fünfzig, fünfundfünfzig ...“

„Sie zählen bis hundert“, wurde mir plötzlich klar. Aber was würde dann passieren?

„Neunzig, fünfundneunzig ...“

„Hundert!“

„Das war's dann wohl“, dachte ich. „Jetzt ist alles aus!“

„Nein“, befahl ich mir. „Nicht aufgeben!“

„Hey!“, brüllte ich, als die Geister auf mich zuschwebten. „Ich dachte, nur Versager spielen mit Menschen. Ihr seid auch nicht besser als Pete!“

„Pete ist eine Niete!“, rief einer der Geister.

„Niete! Niete!“, höhnten auch die anderen.

„Stimmt genau! Pete ist ein Versager!“, schrie ich. „Er hat’s ja gestern nicht mal geschafft, mich zu fangen. Und dabei bin ich nur ein Mensch!“

Pete heulte vor Wut auf. „Du hast mich reingelegt!“, kreischte er. „Aber ich werde trotzdem noch gewinnen!“

Er wollte sich auf mich stürzen, aber einer der Geisterjungen schob sich zwischen uns und rief immer wieder:

„Pe-te, Niete!
Pe-te, Niete!“

Weitere Geisterkinder scharten sich um Pete.

„Hör endlich auf, mit diesen doofen Menschen zu spielen“, schimpfte ein Mädchen.

„Was ist eigentlich mit dir los? Hast du solche Angst vor uns?“, erklang es nun im Chor von allen Seiten.

„Du bist auf einmal ziemlich kleinlaut, Pete“, spottete ich. „Du hast wohl Schiss, deinen menschlichen Körper zu verlassen, was?“

Während die Geisterkinder um ihn herumwirbelten, tauchte plötzlich ein anderes Gesicht hinter Lucas’ Zügen auf. Der wahre Pete zeigte sich!

Sein Mund war vor Wut verzerrt, und seine Augen traten aus den Höhlen.

„Pete, deine Mom hat gesagt, dass du in dein Grab kommen sollst – und zwar sofort!“, zog ihn ein Geistermädchen auf.

„Bist du zu feige, mit uns zu spielen?“, riefen die anderen wieder. „Musst du dich unbedingt mit blöden Menschenkindern abgeben?“

Die meisten Geister schienen mich inzwischen ganz vergessen zu haben. Sie wirbelten schneller und immer schneller um Pete herum. Mit angehaltenem Atem ging ich Zentimeter für Zentimeter rückwärts.

Ein Geistermädchen kreischte: „Hey, Pete – fang!“ Sie nahm ihren Kopf mit dem altmodischen Häubchen ab und warf ihn Pete zu. Er fing ihn auf und starrte ihn an. Der körperlose Kopf kicherte und flog dann zurück zu seiner Besitzerin.

Ich zwang mich, nicht zu schreien, um die Geister nicht auf mich aufmerksam zu machen.

„Du musst suchen, Pete!“, riefen dann alle im Chor. „Du musst suchen! Du musst suchen!“

Lucas' Körper begann zu zittern. Er schien immer schneller und schneller zu vibrieren.

Was geschah nur mit ihm?

Für einige Sekunden sah ich zwei Umrisse – den von Lucas und den eines anderen Jungen. Es war Petes stinkender Körper mit den verfaulten Zähnen. Er hatte zerzauste Haare, Sommersprossen und trug alte, zerlumpte Kleidung. Und er war genauso durchsichtig und blass wie die anderen Geisterkinder.

Dann zog Pete sich wieder in Lucas zurück.

„Ich will nicht rauskommen!“, jammerte er mit weinerlicher Stimme.

Wenn ich jetzt losrannte, konnte ich vielleicht entkommen.

„Nein“, dachte ich. „Ich muss Lucas ebenfalls retten!“

„Du bist ein schrecklicher Angsthase!“, versuchte ich, Pete weiter zu reizen. „Gib's doch zu, du fürchtest dich vor den anderen Geistern. Und du hast sogar Bammel, mich zu verfolgen, wenn du dich dabei nicht im Körper von jemand anderem verstecken kannst!“

„Stimmt! Sie hat Recht!“, kreischten die Geisterkinder durcheinander.

„Wenn du nicht freiwillig rauskommst, dann holen wir dich!“, drohte ein Junge.

Die Geister wirbelten jetzt um Lucas und Pete herum.

„Nein!“, protestierte Pete. „Ich möchte bei den Menschen bleiben!“

Die herumsausenden Geister lachten nur spöttisch.

„Die sind doch viel zu leicht zu fangen!“, rief einer. „Sei kein Feigling. Spiel mit *uns*!“

Petes sommersprossiges Gesicht tauchte wieder vor Lucas’ Kopf auf. Als Nächstes erschien sein Hals, dann sein Oberkörper, und zum Schluss wurden seine Beine sichtbar. Der Geisterwirbel riss Pete mit sich empor in die Luft.

Er wehrte sich heftig, während er herumgeschleudert wurde wie Wäsche in der Waschmaschine. Aber er hatte keine Chance. Die Geister schleppten ihn zurück zum Friedhof.

Dort zogen sie ihn hinunter in ein Grab mit der Inschrift: *Hier liegt Peter Jones.*

„Ich will aber mit Randy spielen!“, schimpfte er noch einmal, bevor auch sein Kopf unter der Erde verschwand.

Lachend kehrten die anderen Geisterkinder zu ihren Gräbern zurück. Ich glaubte zu hören, wie eines von ihnen sagte: „Pete ist ein richtig verzogener Bengel. Immer will er derjenige sein, der suchen darf!“

KAPITEL 22

DER EISIGE Wind legte sich von einer Sekunde zur anderen, und Lucas und ich waren plötzlich allein auf dem stillen Friedhof.

Keine Spur mehr von den Geistern. Und auch nicht von Pete.

Wenn Lucas nicht gewesen wäre, hätte ich wahrscheinlich gedacht, dass ich mir das alles nur eingebildet hatte.

Ich starrte ihn an. Er war ganz blass geworden. Sein Gesicht sah fast grünlich aus.

Aber war er jetzt auch wirklich wieder Lucas? Oder steckte immer noch Pete in seinem Körper?

Ich schnüffelte unauffällig. Kein Gestank. Es schien tatsächlich Lucas zu sein.

„Bist du okay?“, fragte ich besorgt.

Lucas fuhr sich durch sein zerzaustes Haar und versuchte, es glatt zu streichen.

„Ich denke schon“, antwortete er. „Puh! Danke, dass du mich vor Pete gerettet hast!“

„Du hattest noch was bei mir gut“, erwiderte ich leise. Ich ließ meinen Blick noch einmal über den Friedhof wandern. Alle Geister waren fort. Auch Pete.

„Lass uns von hier verschwinden!“, schlug ich vor.

Lucas nahm meine Hand, und wir verließen auf wackeligen Beinen den Friedhof.

„Weißt du was?“, sagte er auf dem Heimweg zu mir. „Verstecken ist ein Spiel für Kleinkinder.“

„Finde ich auch“, stimmte ich ihm zu. „Wir sind eigentlich schon viel zu alt dafür.“

„Genau! Ich werde jedenfalls nie wieder Verstecken spielen“, erklärte Lucas energisch.

„Ich auch nicht“, beschloss ich.

Und daran habe ich mich bis heute gehalten.

R.L.STINE's
SCHATTENWELT
Verhängnisvolle Flaschenpost
Loewe

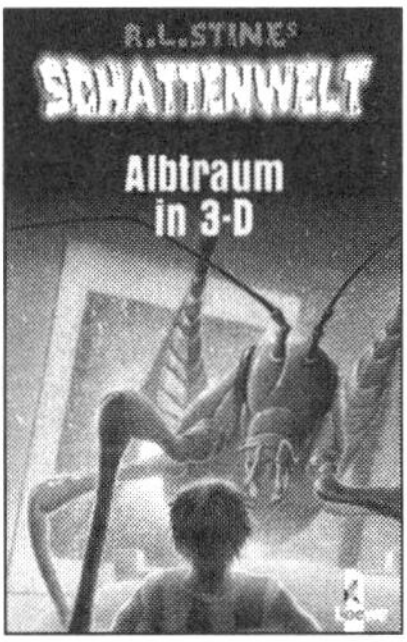
R.L.STINE's
SCHATTENWELT
Albtraum in 3-D
Loewe

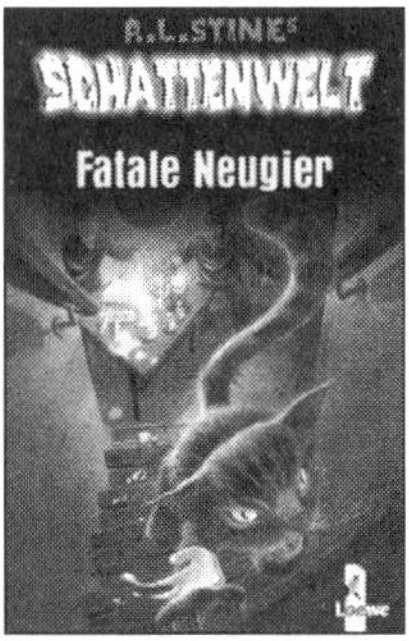
R.L.STINE's
SCHATTENWELT
Fatale Neugier
Loewe

R.L.STINE's
SCHATTENWELT
Der Fluch des Jokers
Loewe

R.L.STINE's
SCHATTENWELT
Der Club der 13
Loewe

R.L.STINE's
SCHATTENWELT
Schwimm um dein Leben!
Loewe

R.L.STINE's
SCHATTENWELT
Die Nacht der Verwandlung

R.L.STINE's
SCHATTENWELT
Das unheimliche Baumhaus
Loewe

R.L.STINE's
SCHATTENWELT
Die Geisterlehrerin
Loewe

R.L.STINE's
SCHATTENWELT
Aliens unter uns!
Loewe

R.L.STINE's
SCHATTENWELT
Das magische Amulett
Loewe

Loewe

Über R. L. Stine

R. L. Stine, der Erfinder der Reihe „Schattenwelt", hat nahezu einhundert gespenstische Geschichten für Kinder und Jugendliche geschrieben. Die Reihe „Schattenwelt" spielt, wie auch die „Fear Street"-Bände, in dem amerikanischen Städtchen Shadyside. Im Mittelpunkt stehen unheimliche Ereignisse, die die Bewohner der Fear Street erleben. Wenn R. L. Stine nicht gerade schreibt, spielt er gern Flipper an seinem eigenen Flipperautomaten oder erforscht New York City zusammen mit seiner Frau Jane und seinem Sohn Matt.